連日本人

都按

讚

こんにちは、今日も頑張ってください。

生活日語會話

生活会話の基本から学ぶ

跟著我這麼說就對了！

本書依照生活主題編排，
讓你融入各種情境，日語輕輕鬆鬆就上手！

日本人でもいいねを押す日本語生活会話

從基本生活會話開始學習

50音基本發音表

清音
● track 002

a ㄚ	i ―	u ㄨ	e ㄝ	o ㄡ
あ ア	い イ	う ウ	え エ	お オ
ka ㄎㄚ	**ki** ㄎー	**ku** ㄎㄨ	**ke** ㄎㄝ	**ko** ㄎㄡ
か カ	き キ	く ク	け ケ	こ コ
sa ㄙㄚ	**shi** ㄒ	**su** ㄙ	**se** ㄙㄝ	**so** ㄙㄡ
さ サ	し シ	す ス	せ セ	そ ソ
ta ㄊㄚ	**chi** ㄑー	**tsu** ㄘ	**te** ㄊㄝ	**to** ㄊㄡ
た タ	ち チ	つ ツ	て テ	と ト
na ㄋㄚ	**ni** ㄋー	**nu** ㄋㄨ	**ne** ㄋㄝ	**no** ㄋㄡ
な ナ	に ニ	ぬ ヌ	ね ネ	の ノ
ha ㄏㄚ	**hi** ㄏー	**fu** ㄈㄨ	**he** ㄏㄝ	**ho** ㄏㄡ
は ハ	ひ ヒ	ふ フ	へ ヘ	ほ ホ
ma ㄇㄚ	**mi** ㄇー	**mu** ㄇㄨ	**me** ㄇㄝ	**mo** ㄇㄡ
ま マ	み ミ	む ム	め メ	も モ
ya ーㄚ		**yu** ーㄩ		**yo** ーㄛ
や ヤ		ゆ ユ		よ ヨ
ra ㄌㄚ	**ri** ㄌー	**ru** ㄌㄨ	**re** ㄌㄝ	**ro** ㄌㄡ
ら ラ	り リ	る ル	れ レ	ろ ロ
wa ㄨㄚ		**o** ㄡ		**n** ㄣ
わ ワ		を ヲ		ん ン

濁音
● track 003

ga ㄍㄚ	**gi** ㄍー	**gu** ㄍㄨ	**ge** ㄍㄝ	**go** ㄍㄡ
が ガ	ぎ ギ	ぐ グ	げ ゲ	ご ゴ
za ㄗㄚ	**ji** ㄐー	**zu** ㄗ	**ze** ㄗㄝ	**zo** ㄗㄡ
ざ ザ	じ ジ	ず ズ	ぜ ゼ	ぞ ゾ
da ㄉㄚ	**ji** ㄐー	**zu** ㄗ	**de** ㄉㄝ	**do** ㄉㄡ
だ ダ	ぢ ヂ	づ ヅ	で デ	ど ド
ba ㄅㄚ	**bi** ㄅー	**bu** ㄅㄨ	**be** ㄅㄟ	**bo** ㄅㄡ
ば バ	び ビ	ぶ ブ	べ ベ	ぼ ボ
pa ㄆㄚ	**pi** ㄆー	**pu** ㄆㄨ	**pe** ㄆㄝ	**po** ㄆㄡ
ぱ パ	ぴ ピ	ぷ プ	ぺ ペ	ぽ ポ

拗音　　　● track 004

kya ㄎㄧㄚ		kyu ㄎㄧㄩ		kyo ㄎㄧㄡ	
きゃ	キャ	きゅ	キュ	きょ	キョ
sha ㄒㄧㄚ		shu ㄒㄧㄩ		sho ㄒㄧㄡ	
しゃ	シャ	しゅ	シュ	しょ	ショ
cha ㄑㄧㄚ		chu ㄑㄧㄩ		cho ㄑㄧㄡ	
ちゃ	チャ	ちゅ	チュ	ちょ	チョ
nya ㄋㄧㄚ		nyu ㄋㄧㄩ		nyo ㄋㄧㄡ	
にゃ	ニャ	にゅ	ニュ	にょ	ニョ
hya ㄏㄧㄚ		hyu ㄏㄧㄩ		hyo ㄏㄧㄡ	
ひゃ	ヒャ	ひゅ	ヒュ	ひょ	ヒョ
mya ㄇㄧㄚ		myu ㄇㄧㄩ		myo ㄇㄧㄡ	
みゃ	ミャ	みゅ	ミュ	みょ	ミョ
rya ㄌㄧㄚ		ryu ㄌㄧㄩ		ryo ㄌㄧㄡ	
りゃ	リャ	りゅ	リュ	りょ	リョ

gya ㄍㄧㄚ		gyu ㄍㄧㄩ		gyo ㄍㄧㄡ	
ぎゃ	ギャ	ぎゅ	ギュ	ぎょ	ギョ
ja ㄐㄧㄚ		ju ㄐㄧㄩ		jo ㄐㄧㄡ	
じゃ	ジャ	じゅ	ジュ	じょ	ジョ
ja ㄐㄧㄚ		ju ㄐㄧㄩ		jo ㄐㄧㄡ	
ぢゃ	ヂャ	づゅ	ヂュ	ぢょ	ヂョ
bya ㄅㄧㄚ		byu ㄅㄧㄩ		byo ㄅㄧㄡ	
びゃ	ビャ	びゅ	ビュ	びょ	ビョ
pya ㄆㄧㄚ		pyu ㄆㄧㄩ		pyo ㄆㄧㄡ	
ぴゃ	ピャ	ぴゅ	ピュ	ぴょ	ピョ

● | 平假名 | 片假名 |

Chapter 1 基本用語篇

1－1 招呼問候

1－2 道別

1－3 道謝

1－4 道歉

1－5 請求

1－6 讚美

1-7 詢問

Chapter 2 基本動作篇

2－1睡覺

2－2生活盥洗

2－3 用餐

2－4 家事

2−5看電視

2−6打電話

2－7搭乘交通工具

Chapter 3 情感情緒篇

3－1 心情愉快

太好了。

3－2 心情不佳

3－3失望、難過

3－4安心

Chapter 4 天氣篇

4－1氣候

4－2氣象

Chapter 5 校園生活篇

5-1課業

5－2考試

5－3課後活動

5－4聊天話題

Chapter 6 職場篇

6－1找工作

6−2工作

6－3 出差、加班

6－4 應酬

Chpater 7　身體健康篇

7－1身體狀況

7－2 看醫生

7－3不舒服的表現

7－4 探病

NOTE BOOK

Chapter 1

基本用語篇

こんにちは、今日も頑張ってください。

日本人でもいいねを押す日本語生活会話

生活会話の基本から学ぶ

おはようございます。
o.ha.yo.u.go.za.i.ma.su.
早安。

1-1

招呼問候

説明

後加「ございます」較有敬意，亦可省略。另外在日本工作場合時不管幾點，第一次和對方碰面時也會以此來打招呼。

1-2

會話

A：田中さん、おはようございます。
ta.na.ka.sa.n./o.ha.yo.u.go.za.i.ma.su.
田中先生，早安。

1-3

B：ああ、おはようございます。
a.a./o.ha.yo.u.go.za.i.ma.su.
啊，早安。

1-4

A：今日は早いんですね。
kyo.u.wa.ha.ya.i.n.de.su.ne.
今天好早呢！

1-5

1-6

B：ええ、いつもより早く起ましたから。
e.e./i.tu.mo.yo.ri.ha.ya.ku.o.ki.ma.shi.ta.ka.ra.
嗯，因為今天比平常早了一點起床。

1-7

こんにちは。
ko.n.ni.chi.wa.
午安。

說明

　　相當於中文的午安，也是你好等問候的意思。為普通的招呼用語。

會話

A：こんにちは、今日(きょう)も頑張(がんば)ってください。
ko.n.ni.chi.wa./kyo.u.mo.ga.n.ba.tte.ku.da.sa.i.
午安，今天也請加油唷。

B：はい、頑張(がんば)ります。
ha.i./ga.n.ba.ri.ma.su.
是，我會努力的。

A：池原(いけはら)さん、こんにちは。
i.ke.ha.ra.sa.n./ko.n.ni.chi.wa.
池原先生，你好。

B：おっ、吉岡(よしおか)さん、こんにちは。
o./yo.shi.o.ka.sa.n./ko.n.ni.chi.wa.
喔，吉岡，你好啊。

こんばんは。
ko.n.ba.n.wa.
晩安。

説明

相當於中文的晚安，也是你好等問候的意思。

會話

A：こんばんは、今日のパーティーはどうだっ
た？
ko.n.ba.n.wa./kyo.u.no.pa.a.ti.i.wa.do.u.da.tta.
晚安啊，今天的派對如何呢？

B：面白かったよ！
o.mo.shi.ro.ka.tta.yo.
很有趣唷！

A：そっか、それはよかった。
so.kka./so.re.wa.yo.ka.tta.
這樣啊，那真是太好了呢！

B：ええ、加奈ちゃんも一緒に来たらよかった
のに！
e.e./ka.na.cha.n.mo.i.ssho.ni.ki.ta.ra.yo.ka.tta.no.ni.
對啊，如果加奈也一起來就好了呢！

おやすみなさい。
o.ya.su.mi.na.sa.i
晚安。

說明

　　為要睡覺前才說的問候語，和「こんばんは」的意思不一樣。後加「なさい」較有敬意，亦可省略。

會話

A：そろそろ寝ようか。
　　so.ro.so.ro.ne.yo.u.ka.
　　差不多該睡了吧。

B：うん、おやすみなさい。
　　u.n./o.ya.su.mi.na.sa.i.
　　嗯，那麼晚安。

――――――――――――――――――

A：おやすみ。
　　o.ya.su.mi.
　　晚安。

B：うん、おやすみ。
　　u.n./o.ya.su.mi.
　　嗯，晚安。

お元気ですか？
o.ge.n.ki.de.su.ka.
你好嗎？

說明

普通見面招呼用語，用來詢問對方的近況。

會話

A：おっ、吉田さん！
o./yo.shi.da.sa.n.
唷，吉田！

B：あら、山本さん、お元気ですか？
a.ra./ya.ma.mo.to.sa.n./o.ge.n.ki.de.su.ka.
唉啊，是山本啊，你好嗎？

────────────────────────

A：佐藤さん、お元気ですか。
sa.to.u.sa.n./o.ge.n.ki.de.su.ka
佐藤，近來好嗎？

B：ええ、お蔭様で、元気です。
e.e./o.ka.ge.sa.ma.de./ge.n.ki.de.su.
嗯，託您的福，我很好。

最近はどうですか？
さいきん
sa.i.ki.n.wa.do.u.de.su.ka.
最近過得如何？

說明

用來詢問對方近來過得如何的招呼用語。

會話

A：田中さん、最近はどうですか？
　　ta.na.ka.sa.n./sa.i.ki.n.wa.do.u.de.su.ka.
　　田中，最近過得如何啊？

B：忙しいですよ。
　　i.so.ga.shi.de.su.yo.
　　非常忙碌。

A：へぇー、どうしてですか。
　　he.e./do.u.shi.te.de.su.ka.
　　是喔，怎麼了嗎？

B：レポートがたくさんありますから。
　　re.po.o.to.ga.ta.ku.sa.n.a.ri.ma.su.ka.ra.
　　因為有很多報告要做。

お久^{ひさ}しぶりです。

o.hi.sa.shi.bu.ri.de.su.

好久不見。

1-1

招呼問候

說明

　指很久不見的意思，用於和久違不見的對方碰面時的招呼用語。

會話

1-2

A：お久^{ひさ}しぶり、佐藤^{さとう}さん。
　　o.hi.sa.shi.bu.ri./sa.to.u.sa.n.
　　好久不見啊！佐藤。

1-3

B：お久^{ひさ}しぶりです。
　　o.hi.sa.shi.bu.ri.de.su.
　　好久不見啊！

1-4

―――――――――――――――――――――――

1-5

A：お久^{ひさ}しぶりですね。
　　o.hi.sa.shi.bu.ri.de.su.ne.
　　好久不見呢！

1-6

B：ええ、お久^{ひさ}しぶりです。お元気^{げんき}でいらっし

1-7

　　ゃいましたか？
　　e.e./o.hi.sa.shi.bu.ri.de.su./o.ge.n.ki.de.i.ra.ssha.i.ma.
　　shi.ta.ka.
　　對啊，好久不見！你好嗎？

ただいま。

ta.da.i.ma.

我回來了。

說明

從外面回來到家或是回到公司時用來告知大家自己回來了的用語。

會話

A：ただいま。
ta.da.i.ma.
我回來了。

B：お帰り。
o.ka.e.ri.
歡迎回來。

A：ただいま、母さん。
ta.da.i.ma./ka.a.sa.n.
我回來了，媽媽。

B：お帰り、今日はちょっと遅かったね。
o.ka.e.ri./kyo.u.wa.cho.tto.o.so.ka.tta.ne.
歡迎回來，今天有點晚呢！

お帰りなさい。
o.ka.e.ri.na.sa.i.
歡迎回來。

説明

　對從外出回來會回到家的人所説的招呼語，以表達歡迎之意。

會話

A：ただいま。
　　ta.da.i.ma.
　　我回來了。

B：お帰りなさい。
　　o.ka.e.ri.na.sa.i.
　　歡迎回來。

A：ただいま。
　　ta.da.i.ma.
　　我回來了。

B：お帰り、ご飯ができてるわよ。
　　o.ka.e.ri./go.ha.n.ga.de.ki.te.ru.wa.yo.
　　歡迎回來，晚飯已經做好了喔！

お疲れ様。
o.tsu.ka.re.sa.ma.
您辛苦了。

說明

　　在工作結束後或是在工作場合上遇見他人時的問候語，表示辛苦了意思。上司對下屬或是同僚間的問候則可以省略成「お疲れ」。

會話

A：奈美ちゃん、お疲れ。
　　na.mi.cha.n./o.tsu.ka.re.
　　奈美，辛苦啦。

B：お疲れ。
　　o.tsu.ka.re.
　　辛苦啦！

A：皆さん、今日はお疲れ様でした。明日も頑張りましょう。
　　mi.na.sa.n./kyo.u.wa.o.tsu.ka.re.sa.ma.de.shi.da./
　　a.shi.ta.mo.ga.n.ba.ri.ma.ssho.u.
　　大家，今天辛苦了！明天也一起加油！

B：はーい。
　　ha.a.i.
　　好的！

こちらこそ。
ko.chi.ra.ko.so.

彼此彼此，我才～。

說明

通常在對方表示感謝或是歉意時，表示我才要感謝或不好意思等彼此彼此之謙遜之意。

會話

A：今日はありがとう。
kyo.u.wa.a.ri.ga.to.u.
今天真是謝謝了。

B：ううん、こちらこそ。
u.u.n./ko.chi.ra.ko.so.
不，我才要謝謝您。

A：本当にすみません！
ho.n.to.u.ni.su.mi.ma.se.n.
真是非常不好意思！

B：いいえ、こちらこそ、すみません。
i.i.e./ko.chi.ra.ko.so./su.mi.ma.se.n.
才不呢，我才非常不好意思。

いらっしゃい。
i.ra.ssha.i.
歡迎光臨

說明

　　向客人表達歡迎之意的用語，而外面的店家常以「いらっしゃいませ」表示歡迎光臨之意。

會話

A：いらっしゃいませ、何名様ですか。
i.ra.ssha.i.ma.se./na.n.me.i.sa.ma.de.su.ka.
歡迎光臨，請問有幾位客人呢？

B：二人です。
fu.ta.ri.de.su.
兩個人。

────────────────────────

A：あら、いらっしゃい。
a.ra./i.ra.ssha.i.
唉呀，歡迎光臨。

B：お邪魔します。
o.ja.ma.shi.ma.su.
打擾了。

お邪魔します／しました。
o.ja.ma.shi.ma.su./shi.ma.shi.ta.
打擾了。

說明

　　去他人家做客時，進門時通常會講這句話已表達打擾的抱歉之意，而「お邪魔しました」則在做客完回去時所說的，表達今天打擾了之意。

會話

A：いらっしゃい、どうぞ上がってください。
i.ra.ssha.i./do.u.zo.a.ga.tte.ku.da.sa.i.
歡迎光臨，請進。

B：では、お邪魔します。
de.wa./o.ja.ma.shi.ma.su.
那麼打擾了。

A：今日はお邪魔しました。
kyo.u.wa.o.ja.ma.shi.ma.shi.ta.
今天打擾了。

B：また来てくださいね。
ma.ta.ki.te.ku.da.sa.i.ne.
要再來唷！

気をつけて。
ki.o.tsu.ke.te.
請小心。

說明

　　表達請小心或是路上小心之意，在他人外出時通常以此句表達關心之意。

會話

A：階段の段差が高いから、気をつけてね。
　　ka.i.da.n.no.da.n.sa.ga.ta.ka.i.ka.ra./ki.o.tsu.ke.te.ne.
　　樓梯的間距很高，要小心喔。

B：はい。
　　ha.i.
　　好的。

A：気をつけて帰ってね。
　　ki.o.tsu.ke.te.ka.e.tte.ne.
　　回家小心喔。

B：はい、気をつけます。
　　ha.i./ki.o.tsu.ke.ma.su.
　　好的，我會小心的。

〜です。
de.su.
我是〜。

說明

　　向其他人做自我介紹的基本用語，表明自己的姓或名。

會話

A：はじめまして、吉川です。
ha.ji.me.ma.shi.te./yo.shi.ka.wa.de.su.
初次見面你好，我姓吉川。

B：はじめまして、木下です。
ha.ji.me.ma.shi.te./ki.no.shi.ta.de.su.
初次見面你好，我姓木下。

A：お名前は？
o.na.ma.e.wa.
請問貴姓。

B：山下です。
ya.ma.shi.ta.de.su.
我姓山下。

よろしくお願いします。

yo.ro.shi.ku.o.ne.ga.i.shi.ma.su.

請多多指教

說明

　　用於和第一次見面或是和他人合作時的用語，用來表示請他人多多照顧或幫忙之意。

會話

A：今日はよろしくお願いします。

kyo.u.wa.yo.ro.shi.ku.o.ne.ga.i.shi.ma.su.

今天請多多指教。

B：こちらこそ、よろしくお願いします。

ko.chi.ra.ko.so./yo.ro.shi.ku.o.ne.ga.i.shi.ma.su.

我也是，請多多指教。

A：明日よろしくね。

a.shi.ta.yo.ro.shi.ku.ne.

明天還請多多指教。

B：じゃ、またね。

ja./ma.ta.ne.

嗯，那明天見囉。

さよなら。
sa.yo.na.ra.
再見。

說明

　　向對方道別的用語，通常為較長時間的離別情況下所說的。

會話

A：これからは半年くらい会えないね。
ko.re.ka.ra.wa.ha.n.to.shi.ku.ra.i.a.e.na.i.ne.
這樣一來之後會約有半年見不到呢。

B：大丈夫だよ！ちゃんと連絡するから。
da.i.jo.bu.da.yo./cha.n.to.re.n.ra.ku.su.ru.ka.ra.
別擔心，我會連絡你的。

A：うん、じゃ、さよなら。
u.n./ja./sa.yo.na.ra.
嗯，那麼，就再見了。

B：さよなら。
sa.yo.na.ra.
再見。

お先に失礼します。

さき　しつれい

o.sa.ki.ni.shi.tsu.re.shi.ma.su.

我先離開了。

說明

要離開工作或是聚會等場合時，表示失禮感到抱歉之意所說的用語。關係較近的時候也會省略成只有「お先に」來表示。

會話

A：では、お先に失礼します。

de.wa./o.sa.ki.ni.shi.tsu.re.shi.ma.su.

那麼，我先離開了。

B：お疲れ様でした。

o.tsu.ka.re.sa.ma.de.shi.da.

辛苦您了。

A：じゃ、お先に。

ja./o.sa.ki.ni.

那麼，我先走了。

B：うん、お疲れ。

u.n./o.tsu.ka.re.

嗯，辛苦了。

じゃ、また。
ja./ma.ta.
再見。

説明

　　較為口語的説法，在非正式場合用來表示再見之意。也常省略為只有「じゃ」。

會話

A：今日のパーティーは楽しかったね。
kyo.u.no.pa.a.ti.i.wa.ta.no.shi.ka.tta.ne.
今天的派對好開心呢！

B：そうね。本当によかった！
so.u.ne./ho.n.to.u.ni.yo.ka.tta.
對啊，真的是太好了！

A：うん、それじゃ、また。
u.n./so.re.ja./ma.ta.
嗯，那麼就再見囉。

B：じゃ、またね。
ja./ma.ta.ne.
嗯，掰掰。

行ってきます。
い
i.tte.ki.ma.su.
我出門了。

說明

在家要出門或是在公司要外出時，以此句表達自己要外出之意。

會話

A：行ってきます。
い
i.tte.ki.ma.su.
我要出門了。

B：行ってらっしゃい。
い
i.tte.ra.ssha.i.
請慢走。

A：じゃ、行ってきます。
い
ja./i.tte.ki.ma.su.
那麼我要出門了。

B：うん、気をつけてね。
き
u.n./ki.o.tsu.ke.te.ne.
嗯，路上小心喔。

行ってらっしゃい。
い
i.tte.ra.ssha.i.
請慢走。

說明

通常在對方說「行ってきます」之後常以此句回應來表示關心之意。

會話

A：じゃ、行ってきます。
　　い
ja./i.tte.ki.ma.su.
那麼，我出門囉。

B：うん、行ってらっしゃい。頑張ってね。
　　　　い　　　　　　　　がんば
u.n./i.tte.ra.ssha.i./ga.n.ba.tte.ne.
嗯，慢走喔，好好加油喔。

A：行ってきます。
　　い
i.tte.ki.ma.su.
我出門了。

B：行ってらっしゃい。傘を忘れないでね。
　　い　　　　　　　　かさ　わす
i.tte.ra.ssha.i./ka.sa.o.wa.su.re.na.i.de.ne.
請慢走，別忘了帶傘喔。

そろそろ帰ります。

so.ro.so.ro.ka.e.ri.ma.su.

差不多要回去了。

說明

在表達覺得時間差不多了，該離開或回家的時候，常以這樣的句型表示。

會話

A：田中くん、今は何時ですか？
ta.na.ka.ku.n./i.ma.wa.na.n.ji.de.su.ka.
田中，現在幾點了？

B：七時半ですよ。
shi.chi.ji.ha.n.de.su.yo.
七點半。

A：そっか、じゃ、そろそろ帰ります。
so.kka./ja./so.ro.so.ro.ka.e.ri.ma.su.
這樣啊，那麼差不多該回去了。

B：うん、じゃ、またね。
u.n./ja./ma.ta.ne.
嗯，那麼再見啦。

ありがとうございます。
a.ri.ga.to.u.go.za.i.ma.su.
謝謝。

1-1

1-2

說明

表達感謝的説法，後面加「ございます」為較禮貌的説法，也可省略為「ありがとう」。

1-3

會話

道

A：今日はありがとうございました。
kyo.u.wa.a.ri.ga.to.u.go.za.i.ma.shi.ta.
今天真是謝謝了！

謝

B：こちらこそ、ありがとうございました。
ko.chi.ra.ko.so./a.ri.ga.to.u.go.za.i.ma.shi.ta.
我才要謝謝您呢。

1-4

─────────────────────

1-5

A：ありがとう。
a.ri.ga.to.u.
謝謝。

1-6

1-7

B：どういたしまして。
do.u.i.ta.shi.ma.shi.te.
不客氣。

どうも。
do.u.mo.
謝謝。

說明

為較口語的表示感謝之詞。也有「你好」之意，用來對較熟識的人的打招呼用語。

會話

A：どうぞ、座って。
　　do.u.zo./su.wa.tte.
　　請坐。

B：ああ、どうも。
　　a.a./do.u.mo.
　　啊，謝謝。

───────────────

A：そこのカバンを取ってくれない？
　　so.ko.no.ka.ba.n.o.to.tte.ku.re.na.i.
　　可以幫我拿那邊的包包嗎？

B：はい、どうぞ。
　　ha.i./do.u.zo.
　　好的，請。

A：どうも。
　　do.u.mo.
　　謝謝。

お世話になりました。
せ わ

o.se.wa.ni.na.ri.ma.shi.ta.

多謝關照。

説明

為常用的禮儀用語，用來表示感謝受到幫助、照顧等感恩之意。

會話

A：もう帰るんですか。
かえ
mo.u.ka.e.ru.n.de.su.ka.
已經要回去了嗎？

B：ええ、今日は本当にお世話になりました。
きょう ほんとう せ わ
e.e./kyo.u.wa.ho.n.to.u.ni.o.se.wa.ni.na.ri.ma.shi.ta.
是的，今天真是謝謝您的關照了。

A：また遊びに来てね。
あそ き
ma.ta.a.so.bi.ni.ki.te.ne.
要再來玩啊！

B：はい、じゃ、またね。
ha.i./ja./ma.ta.ne.
好的，那麼再見了。

おかげで。
o.ka.ge.de.
多虧~。

說明

有正面肯定之意，常用來表達多虧、託您的福等感謝之意。

會話

A：今回の試験はどうだった？
ko.n.ka.i.no.shi.ke.n.wa.do.u.da.tta.
這次的考試怎麼樣呢？

B：おかげで合格したよ。
o.ka.ge.de.go.u.ka.ku.shi.ta.yo.
多虧你我考試通過了喔！

A：本当？それはよかった！
ho.n.to.u./so.re.wa.yo.ka.tta.
真的嗎？那真是太好了！

B：うん！本当にうれしかった。
u.n./ho.n.to.u.ni.u.re.shi.ka.tta.
對啊，真的好開心。

恐れ入りますが。
おそ　い

o.so.re.i.ri.ma.su.ga.

不好意思。

1-1

1-2

1-3

説明

為麻煩他人時用的敬語，有誠惶誠恐的感覺。

會話

1-4

道

歉

A：恐れ入りますが、こちらに一之瀬里香とい
　　おそ　い　　　　　　　　　　　　いちのせりか
　　う方はいらっしゃいますか。
　　かた
o.so.re.i.ri.ma.su.ga./ko.chi.ra.ni.i.chi.no.se.ri.ka.

to.i.u.ka.ta.wa.i.ra.ssha.i.ma.su.ka.

不好意思，這邊有沒有一位叫做一之瀬里香的人呢？

B：一之瀬はおりません。
　　いちのせ
i.chi.no.se.wa.o.ri.ma.se.n.

這裡沒有姓一之瀬的。

A：そうですか、ありがとう。
so.u.de.su.ka./a.ri.ga.to.u.

這樣啊，謝謝你。

1-5

1-6

1-7

もう わけ
申し訳ありませんが。
mo.u.shi.wa.ke.a.ri.ma.se.n.ga.
真的很抱歉。

說明

　　「申し訳」代表解釋或藉口，整句的意思就是沒有理由或辯解，較禮貌及正式的深感抱歉用語。

會話

かみや きょう よる の い
A：神谷さん、今日の夜は飲みに行きませんか？
ka.mi.ya.sa.n./kyo.u.no.yo ru.wa.no.mi.ni.i.ki.ma.se.n.ka
神谷，今天晚上要不要一起去喝一杯？

きょう よてい
B：今日はちょっと予定があって…
kyo.u.wa.cho.tto.yo.te.i.ga.a.tte.
今天有點事…

ざんねん
A：そうですか、残念ですね。
so.u.de.su.ka./za.n.ne.n.de.su.ne.
這樣啊，真是太可惜了。

もう わけ さそ
B：申し訳ありませんが、ぜひまた誘ってください。
mo.u.shi.wa.ke.a.ri.ma.oe.n.ga./ze.hi.ma.ta.sa.so.tte.ku.da.sa.i.
真的很抱歉，請你下次一定要再約我啊。

すみません。
su.mi.ma.se.n.
對不起／謝謝。

説明

為日語中常用的慣用句，常用來向對方表示歉意或是感謝之意的用詞。

會話

1-4

道

歉

A：遅れてすみません。
o.ku.re.te.su.mi.ma.se.n.
對不起我遲到了。

B：ううん、私も来たばかりです。
u.u.n./wa.ta.shi.mo.ki.ta.ba.ka.ri.de.su.
不，我也剛到而已。

A：本当にすみません。
ho.n.to.u.ni.su.mi.ma.se.n.
真的很對不起。

B：こちらこそすみません。
ko.chi.ra.ko.so.su.mi.ma.se.n.
我才對不起呢。

ごめん。
go.me.n.
抱歉。

1-1
1-2
1-3
1-4
道
歉
1-5
1-6
1-7

説明

　　比「すみません」更口語的抱歉用語。較不正式，比較適合對朋友或家人説的用語。

會話

A：ノート持ってきた？
no.o.to.mo.tte.ki.ta.
筆記本帶來了嗎？

B：あっ、忘れてしまった！
a./wa.su.re.te.shi.ma.tta.
啊！我忘記了！

A：またかよ。
ma.ta.ka.yo.
又來了！

B：ごめん、ごめん！
go.me.n./go.me.n.
抱歉、抱歉！

ちょっとお願いが あるんですけど。

cho.tto.o.ne.ga.i.ga.a.ru.n.de.su.ke.do.

有個請求想麻煩你。

說明

表示想請對方幫忙、麻煩對方的委婉開頭說法。

會話

A：ちょっとお願いがあるんですけど。
cho.tto.o.ne.ga.i.ga.a.ru.n.de.su.ke.do.
有件事想請你幫忙。

B：何ですか？
na.n.de.su.ka.
甚麼事？

A：この企画書を直してもらえませんか？
ko.no.ki.ka.ku.sho.o.na.o.shi.te.mo.ra.e.ma.se.n.ka.
可以幫我修改這個企畫書嗎？

B：いいですよ。
i.i.de.su.yo.
好啊。

お願いします。
o.ne.ga.i.shi.ma.su.
麻煩了。

說明

表示對對方請求或是麻煩對方的意思。

會話

A：明日は来ますか？
a.shi.ta.wa.ki.ma.su.ka.
明天會來嗎？

B：ちょっと考えます。
cho.tto.ka.n.ga.e.ma.su.
我要考慮一下。

A：お願いします！
o.ne.ga.i.shi.ma.su.
麻煩您了！

B：はい、はい。分かった。
ha.i./ha.i./wa.ka.tta.
好啦、好啦，我知道了。

手伝っていただけませんか？

てつだ

te.tsu.da.tte.i.ta.da.ke.ma.se.n.ka.

可以幫個忙嗎？

說明

「手伝う」幫忙的意思。整句有委婉懇請對方來幫忙的感覺。

會話

A：あのう…
　　a.no.u.
　　那個…

B：何？
　　なに
　　na.ni.
　　甚麼？

A：ちょっと手伝っていただけませんか？
　　　　　　てつだ
　　cho.tto.te.tsu.da.tte.i.ta.da.ke.ma.se.n.ka.
　　可以幫個忙嗎？

B：あっ、いいですよ。
　　a./i.i.de.su.yo.
　　啊，好啊。

〜もらえませんか？
mo.ra.e.ma.se.n.ka.
請〜／可以〜嗎？

說明

　　接在動詞連用形＋て之後，表示請求對方〜，或是詢問對方可否〜的意思。

會話

A：この本を貸してもらえませんか？
ko.no.ho.n.o.ka.shi.te.mo.ra.e.ma.se.n.ka.
可以借我這本書嗎？

B：いいですよ。
i.i.de.su.yo.
可以啊。

A：ありがとう。
a.ri.ga.to.u.
謝謝。

B：どういたしまして。
do.u.i.ta.shi.ma.shi.te.
不客氣。

～くれませんか？
ku.re.ma.se.n.ka.
可以給～／做～嗎？

說明

接在動詞連用形＋て之後，表示請求詢問對方可否為自己做～的意思。

會話

A：すみません。
su.mi.ma.se.n.
不好意思。

B：何でしょうか？
na.n.de.sho.u.ka.
怎麼了？

A：さっき買った靴が汚れていたので、新しいのと代えてくれませんか？
sa.kki.ka.tta.ku.tsu.ga.yo.go.re.te.i.ta.no.de./a.ta.ra.shi.i.no.to.ka.e.te.ku.re.ma.se.n.ka.
剛剛買的鞋子是髒的，可以換一雙新的給我嗎？

B：申し訳ありません。少々お待ちください。
mo.u.shi.wa.ke.a.ri.ma.se.n./sho.u.sho.u.o.ma.chi.ku.da.sa.i.
真是非常抱歉，請稍等一下。

おめでとうございます。

o.me.de.to.u.go.za.i.ma.su.

恭喜。

説明

在祝賀對方時通常都用這句來表示，對較熟的人
說的時候常會「ございます」把省略。

會話

A：試験に合格しました！
shi.ke.n.ni.go.u.ka.ku.shi.ma.shi.ta.
我考試通過了！

B：本当ですか？おめでとうございます！
ho.n.to.u.de.su.ka./o.me.de.to.u.go.za.i.ma.su.
真的嗎？！恭喜你！

A：卒業おめでとう！
so.tsu.gyo.u.o.me.de.to.u.
恭喜你畢業！

B：ありがとう！
a.ri.ga.to.u.
謝謝！

お誕生日おめでとう。
たんじょうび
o.ta.n.jo.u.bi.o.me.de.to.u.
生日快樂。

說明

　　祝賀他人生日快樂時的用語，對熟識的人時後面的「ございます」常會省略。

會話

A：恵ちゃん、お誕生日おめでとう！
me.gu.mi.cha.n./o.ta.n.jo.u.bi.o.me.de.to.u
小恵，生日快樂！

B：ありがとう！
a.ri.ga.to.u.
謝謝！

A：そして、これはプレゼント。
so.shi.te./ko.re.wa.pu.re.ze.n.to.
還有，這個是禮物。

B：わぁー！うれしい！
wa.a./u.re.shi.i.
哇！我好高興！

さすが。

sa.su.ga.

真不愧是。

說明

在稱讚他人或事物很厲害或感到佩服的時候，常用此句型來表示。

會話

A：お兄ちゃん、この問題分かる？
o.ni.i.cha.n./ko.no.mo.n.da.i.wa.ka.ru.
哥哥，你會這個問題嗎？

B：もちろん、これは簡単だよ！
mo.chi.ro.n./ko.re.wa.ka.n.ta.n.da.yo.
當然，這個很簡單喔！

A：さすがお兄ちゃん！
sa.su.ga.o.ni.i.cha.n.
真不愧是哥哥！

1-6

讚

美

最高です。
さいこう
sa.i.ko.u.de.su.
棒極了。

說明

表示讚嘆，沒有比這個更棒的了的意思。

會話

A：昨日のパーティーはどうでしたか？
きのう
ki.no.u.no.pa.a.ti.i.wa.do.u.de.shi.ta.ka.
昨天的派對如何啊？

B：最高でしたよ！
さいこう
sa.i.ko.u.de.shi.ta.yo.
棒極了喔！

A：このレストランの料理は最高ですよ！
りょうり　さいこう
ko.no.re.su.to.ra.n.no.ryo.u.ri.wa.sa.i.ko.u.de.su.yo.
這間餐廳的料理最棒了！

B：へぇー、本当ですか？
ほんとう
he.e./ho.n.to.u.de.su.ka.
咦，真的嗎？

すごい。
su.go.i.
真厲害。

說明

用來稱讚人或事物很厲害很棒的讚美用語。

會話

A：この絵は誰が描いたの？
ko.no.e.wa.da.re.ga.ka.i.ta.no.
這幅畫是誰畫的？

B：私が。
wa.ta.shi.ga.
我畫的。

A：へぇー、すごいね！
he.e./su.go.i.ne.
哇，真厲害呢！

B：ありがとう！
a.ri.ga.to.u.
謝謝！

うまい。
u.ma.i.
厲害、好吃。

説明

「うまい」可以用來稱讚食物很美味好吃，同時也能用來當作讚嘆他人很厲害、做得很好等讚美用詞。對朋友等較熟的人使用。

會話

A：わぁー、この料理うまい！
りょうり
wa.a./ko.no.ryo.u.ri.u.ma.i.
哇，這個料理好好吃呢！

B：そうですね！
so.u.de.su.ne.
對啊！

A：美奈ちゃん、字がうまいね！
みな　　　じ
mi.na.cha.n./ji.ga.u.ma.i.ne.
美奈的字好漂亮啊！

B：ありがとう！
a.ri.ga.to.u.
謝謝！

じょうず
上手です。
jo.u.zu.de.su.
很拿手。

說明

表示對甚麼事物很擅長、拿手的時候，就會用「～が上手です」表示。同時也可以以此句來稱讚他人，比用「うまい」較正式。

會話

A：このぬいぐるみは自分で作りましたか？
ko.no.nu.i.gu.ru.mi.wa.ji.bu.n.de.tsu.ku.ri.ma.shi.ta.ka.
這個娃娃是自己做的嗎？

B：そうですよ。
so.u.de.su.yo.
對啊！

A：本当に上手ですね！
ho.n.to.u.ni.jo.u.zu.de.su.ne.
真的好厲害呢！

B：ありがとう。
a.ri.ga.to.u.
謝謝！

えらい。
e.ra.i.
了不起。

説明

　表示偉大、了不起之意，可以用來稱讚他人很厲害。

會話

A：夏休みに一人で東京に行きました。
na.tsu.ya.su.mi.ni.hi.to.ri.de.to.u.kyo.u.ni.i.ki.ma.shi.ta.
暑假的時候我一個人去了東京。

B：えらいですね！
e.ra.i.de.su.ne.
真了不起呢！

A：私は毎朝ジョギングしています。
wa.ta.shi.wa.ma.i.a.sa.jo.gi.n.gu.shi.te.i.ma.su.
我每天早上都會去慢跑。

B：へぇー、えらいですね。
he.e./e.ra.i.de.su.ne.
哇，真了不起呢！

よくやったね。
yo.ku.ya.tta.ne.
做的很好。

說明

　　用來讚美或鼓勵他人表現得不錯或是做得很好的時候，就會以此句型表示。

會話

A：神谷くん、今回の試験はよくやったね。
ka.mi.ya.ku.n./ko.n.ka.i.no.shi.ke.n.wa.yo.ku.ya.tta.ne.
神谷，這次的考試表現得不錯唷！

B：先生、ありがとうございます。
se.n.se.i./a.ri.ga.to.u.go.za.i.ma.su.
謝謝老師。

A：これからも頑張ってくださいね。
ko.re.ka.ra.mo.ga.n.ba.tte.ku.da.sa.i.ne.
之後也要繼續加油喔。

B：はい、分かりました。
ha.i./wa.ka.ri.ma.shi.ta.
是，我明白了！

かっこいい。
ka.kko.i.i.
帥呆了。

説明

主要是用來形容男性很帥的用語，而也可以用來形容事物。

會話

A：来年は世界一周旅行するつもりだ。
らいねん　せかいいっしゅうりょこう
ra.i.ne.n.wa.se.ka.i.i.sshu.u.ryo.ko.u.su.ru.tsu.mo.ri.da.
我打算明年要環遊世界一周。

B：へぇー、かっこいい！
he.e./ka.kko.i.i
哇，真是帥呆了！

A：あの人はかっこいいですね。
ひと
a.no.hi.to.wa.ka.kko.i.i.de.su.ne.
那個人好帥啊！

B：そう？私はそう思わないですけど。
わたし　　おも
so.u./wa.ta.shi.wa.so.u.o.mo.wa.na.i.de.su.ke.do.
是嗎？我是不這麼覺得。

きれい。
ki.re.i.
漂亮。

說明

通常用來讚美女性很漂亮的形容詞，而同時也可以形容事物、景色等很漂亮、美麗。

會話

A：ここの景色(けしき)はきれいですね。
ko.ko.no.ke.shi.ki.wa.ki.re.i.de.su.ne.
這裡的風景很漂亮喔！

B：本当(ほんとう)ですね！
ho.n.to.u.de.su.ne.
真的耶！

A：石田(いしだ)ちゃんは本当(ほんとう)にきれいだね！
i.shi.da.cha.n.wa.ho.n.to.u.ni.ki.re.i.da.ne.
石田真的很漂亮耶！

B：そう？ありがとうね！
so.u./a.ri.ga.to.u.ne.
是嗎？謝謝啦！

羨ましい。
うらや
u.ra.ya.ma.shi.i.
羨慕。

説明

在覺得她人很厲害或是很好而表示羨慕的時候，就可以以此句表達。

會話

A：今回の試験も百点を取った？
こんかい　しけん　ひゃくてん　と
ko.n.ka.i.no.shi.ke.n.mo.hya.ku.te.n.o.to.tta.
這次的考試也考了一百分嗎？

B：うん。
u.n.
嗯。

A：わあ、羨ましい。
うらや
wa.a./u.ra.ya.ma.shi.i.
哇，好羨慕！

B：いや、大したことじゃない。
たい
i.ya./ta.i.shi.ta.ko.to.ja.na.i.
沒有啦，這沒甚麼了不起的。

お名前は？
なまえ
o.na.ma.e.wa.
您貴姓？

說明

在詢問對方名字時常用此句來表達，後面省略了
「何ですか」，常只以「お名前は」來表示。

會話

A：お名前は何ですか？
　　なまえ　　なん
　　o.na.ma.e.wa.na.n.de.su.ka.
　　請問您貴姓。

B：木下です。
　　きのした
　　ki.no.shi.ta.de.su.
　　我叫木村。

A：すみませんが、お名前は？
　　　　　　　　　　なまえ
　　su.mi.ma.se.n.ga./o.na.ma.e.wa.
　　不好意思，請問您貴姓？

B：岡山です。
　　おかやま
　　o.ka.ya.ma.de.su.
　　我叫岡山。

どなたですか？
do.na.ta.de.su.ka.
請問是哪位？

説明

在遇到不認識的人的時候可以此句來詢問，而對朋友或家人等人詢問不認識的人的時候則可以用「誰ですか」來表示。

會話

A：すみませんが、どなたですか？
su.mi.ma.se.n.ga./do.na.ta.de.su.ka.
不好意思，請問是哪位？

B：田中です。
ta.na.ka.de.su.
我叫田中。

_____

A：あの人は誰ですか？
a.no.hi.to.wa.da.re.de.su.ka.
那個人是誰？

B：健君の友達です。
ke.n.ku.n.no.to.mo.da.chi.de.su.
小健的朋友。

詢

問

おいくつですか？

o.i.ku.tsu.de.su.ka.

請問貴庚？

說明

為詢問對方年齡較有禮貌的說法。

會話

A：根岸さん、今はおいくつですか？
ne.gi.shi.sa.n./i.ma.wa.o.i.ku.tsu.de.su.ka.
根岸現在多大了？

B：十五歳です。
ju.u.go.sa.i.de.su.
十五歳。

A：若いですね。今は高校生ですか？
wa.ka.i.de.su.ne./i.ma.wa.ko.u.ko.u.se.i.de.su.ka.
好年輕啊，現在是高中生嗎？

B：はい、高校一年生です。
ha.i./ko.u.ko.u.i.chi.ne.n.se.i.de.su.
是的，高中一年級。

今日は何曜日ですか？
きょう　　なんようび

kyo.u.wa.na.n.yo.u.bi.de.su.ka.

今天星期幾？

1-1

1-2

說明

詢問今天星期幾的時候可以用此句表達。

1-3

會話

1-4

A：今日は何曜日？
きょう　なんようび
kyo.u.wa.na.n.yo.u.bi.
今天星期幾？

1-5

B：金曜日だよ！
きんようび
ki.n.yo.u.bi.da.yo.
星期五喔。

1-6

A：えっ！木曜じゃないの？
もくよう
e./mo.ku.yo.u.ja.na.i.no.
唉？不是星期四嗎？

1-7

詢

問

いつですか？
i.tsu.de.su.ka.
甚麼時候？

說明

在想要詢問對方日期或是時間的時候都可以以此句型來表達。

會話

A：来週帰ります。
ra.i.shu.u.ka.e.ri.ma.su.
我下周要回去了。

B：えっ、いつですか？
e./i.tsu.de.su.ka.
甚麼？甚麼時候？

A：来週の月曜日です。
ra.i.shu.u.no.ge.tsu.yo.u.bi.de.su.
下周的星期一。

B：そうですか、早いですね。
so.u.de.su.ka./ha.ya.i.de.su.ne.
這樣啊，好早呢！

何時ですか？
na.n.ji.de.su.ka.
幾點？

說明

想詢問對方時間點的時候可以以此句型表達。

會話

A：今は何時ですか？
i.ma.wa.na.n.ji.de.su.ka.
現在幾點了？

B：もう八時ですよ。
mo.u.ha.chi.ji.de.su.yo.
已經八點了唷。

A：大変だ、遅刻だ！
ta.i.he.n.da./chi.ko.ku.da.
糟糕！已經遲到了！

1-1

1-2

1-3

1-4

1-5

1-6

1-7

詢

問

どこですか？
do.ko.de.su.ka.
在哪裡？

說明

在向對方問路或詢問地點的時候就可以此句來
表示。

會話

A：上田さんのお家はどこですか？
u.e.da.sa.n.no.o.u.chi.wa.do.ko.de.su.ka.
上田的家在哪裡呢？

B：駅前ですよ。
e.ki.ma.e.de.su.yo.
在車站前面。

A：それは便利ですね。
so.re.wa.be.n.ri.de.su.ne.
那樣很方便呢！

B：そうですね！
so.u.de.su.ne.
對啊！

どこへ行<ruby>い</ruby>きますか？
do.ko.e.i.ki.ma.su.ka.
你要去哪裡？

説明

　　在詢問對方要去的方向或地點的時候可以以此句表達。

會話

A：こんにちは、木村君<ruby>きむらくん</ruby>。
ko.n.ni.chi.wa./ki.mu.ra.ku.n.
午安啊，木村。

B：おっ、こんにちは。
o./ko.n.ni.chi.wa.
喔，午安啊！

A：木村君<ruby>きむらくん</ruby>はどこへ行<ruby>い</ruby>きますか？
ki.mu.ra.ku.n.wa.do.ko.e.i.ki.ma.su.ka.
木村要去哪裡呢？

B：ちょっと駅前<ruby>えきまえ</ruby>の本屋<ruby>ほんや</ruby>さんへ行<ruby>い</ruby>きます。
cho.tto.e.ki.ma.e.no.ho.n.ya.sa.n.e.i.ki.ma.su.
我要去一下車站前的書店。

今、よろしいですか？

いま

i.ma./yo.ro.shi.i.de.su.ka.

現在方便嗎？

說明

表示有事情想要打擾對方而先詢問對方有沒有時間的禮貌說法。

會話

A：先生、ちょっと相談があるのですけど、今
せんせい　　　　　そうだん　　　　　　　　　いま
　はよろしいですか？

se.n.se.i./cho tto.so.u.da.n.ga.a.ru.no.de.su.ke.do./
i.ma.wa.yo.ro.shi.i.de.su.ka.

老師，有點事情要跟您討論，請問現在方便嗎？

B：ええ、何ですか？
なん
e.e./na.n.de.su.ka.

嗯，甚麼事呢？

A：課長、今、ちょっとよろしいですか？
かちょう　いま
ka.cho.u./i.ma./cho.tto.yo.ro.shi.i.de.su.ka.

課長，現在方便說話嗎？

B：ええ、いいわよ。何ですか？
なん
e.e./i i.wa.yo./na.n.de.su.ka.

恩，可以啊，甚麼事？

どうしてですか？
do.u.shi.te.de.su.ka.
為什麼呢？

説明

當有疑問想詢問對方時常用此句表達，對朋友或是家人等關係較近的常會省略成「どうして」來表示。

會話

A：今日は一緒に行けなくなった。
kyo.u.wa.i.ssho.ni.i.ke.na.ku.na.tta.
今天不能一起去了！

B：えっ、どうして？
e./do.u.shi.te.
唉？為什麼？

A：母がだめだって。
ha.ha.ga.da.me.da.tte.
媽媽說不行。

B：そっか、残念！
so.kka./za.n.ne.n.
這樣啊！好可惜！

どう思いますか？
おも

do.u.o.mo.i.ma.su.ka.

覺得怎麼樣？

說明

　用來詢問他人覺得如何、是怎麼樣想的等疑問的問句表示。

會話

A：日向さんはどう思いますか？
ひゅうが　　　　　　　おも
　hyu.u.ga.sa.n.wa.do.u.o.mo.i.ma.su.ka.
　日向覺得怎麼樣呢？

B：この企画は難しいですね。
　　きかく　むずか
　ko.no.ki.ka.ku.wa.mu.zu.ka.shi.i.de.su.ne.
　這個企畫很難呢。

A：じゃ、もう一度みんなと相談しますか？
　　　　　いちど　　　　　そうだん
　ja./mo.u.i.chi.do.mi.n.na.to.so.u.da.n.shi.ma.su.ka.
　那麼再和大家商量看看如何？

B：うん、そうします。
　u.n./so.u.shi.ma.su.
　嗯，就那麼辦。

今は空いていますか？
i.ma.wa.a.i.te.i.ma.su.ka.
現在有空嗎？

説明

「空く」是有空、空閒的意思。因此在問他人有沒有時間、空閒的時候就可以這樣表達。

會話

A：安岡さん、今は空いていますか？
ya.su.o.ka.sa.n./i.ma.wa.a.i.te.i.ma.su.ka.
安岡，現在有空嗎？

B：ええ。
e.e.
嗯。

A：じゃ、ちょっと手伝ってくれませんか？
ja./cho.tto.te.tsu.da.tte.ku.re.ma.se.n.ka.
那麼可以稍微來幫個忙嗎？

B：いいですよ。
i.i.de.su.yo.
好啊。

Chapter 2

基本動作篇

こんにちは、今日も頑張ってください。

日本人でもいいねを押す日本語生活会話

生活会話の基本から学ぶ

起きなさい。
o.ki.na.sa.i.
起床。

説明

「なさい」是有命令人去做甚麼的意思，故整句是要人家起床的意思。

會話

A：健君、起きた？
ke.n.ku.n./o.ki.ta.
小健，起來了嗎？

B：……
A：早く起きなさいよ！遅刻するよ。
ha.ya.ku.o.ki.na.sa.i.yo./chi.ko.ku.su.ru.yo.
快起床！要遲到了喔！

B：はーい。
ha.a.i.
好～。

まだ眠い。
ねむ
ma.da.ne.mu.i.
還很睏。

說明

「まだ」是「還」的意思，整句話表示還很想睡覺的意思。

會話

A：元気ないね。
げんき
ge.ki.na.i.ne.
你沒甚麼精神耶。

B：うん、昨夜は早めに寝たけど、今はまだ眠
ゆうべ　はや　ね　　いま　　ねむ
い。
u.n./yu.u.be.wa.ha.ya.me.ni.ne.ta.ke.do./i.ma.wa.ma.
da.ne.mu.i.
昨天雖然很早睡了，但現在還是好睏。

A：大丈夫？ちょっと休もうか？
だいじょうぶ　　　　　　やす
da.i.jo.u.bu./cho.tto.ya.su.mo.u.ka.
沒事吧？稍微休息一下吧？

B：うん、ありがとう。
u.n./a.ri.ga.to.u.
嗯，謝謝。

眠れない。
ねむ
ne.mu.re.na.i.
睡不著。

説明

表示睡不著、難以入眠的意思。

會話

A：美夏ちゃん、電気を消して。
　　<ruby>美夏<rt>み か</rt></ruby>ちゃん、<ruby>電気<rt>でん き</rt></ruby>を<ruby>消<rt>け</rt></ruby>して。
mi.ka.cha.n./de.n.ki.o.ke.shi.te.
美夏，把電燈關掉。

B：嫌だよ。
　　<ruby>嫌<rt>いや</rt></ruby>だよ。
i.ya.da.yo.
不要。

A：これじゃ眠れないよ。
　　これじゃ<ruby>眠<rt>ねむ</rt></ruby>れないよ。
ko.re.ja.ne.mu.re.na.i.yo.
這樣會睡不著啦。

B：はーい、分かった、分かった。
　　はーい、<ruby>分<rt>わ</rt></ruby>かった、<ruby>分<rt>わ</rt></ruby>かった。
ha.a.i./wa.ka.tta./wa.ka.tta.
好啦，知道了、知道了。

寝坊してしまった。
ねぼう

ne.bo.u.shi.te.shi.ma.tta.

睡過頭了。

説明

「寝坊」是指睡懶覺，因此整句有睡過頭、睡遲的意思。

會話

A：山田、遅いよ！
やまだ おそ

ya.ma.da./o.so.i.yo.

山田，好晚啊！

B：ごめん！今朝は寝坊してしまった。
け さ ねぼう

go.me.n./ke.sa.wa.ne.bo.u.shi.te.shi.ma.tta.

抱歉，早上我睡過頭了。

A：またかよ。

ma.ta.ka.yo.

又來了！

B：ごめんね！

go.me.n.ne.

不好意思啦！

夢を見た。
ゆめ を み
yu.me.o.mi.ta.
做夢。

2-1
睡
覺

說明

在日文裡用「見る」這個動詞，來表示做夢的意思。

會話

2-2

2-3

A：昨日、面白い夢を見たよ。
きのう おもしろ ゆめ み
ki.no.u./o.mo.shi.ro.i.yu.me.o.mi.ta.yo.
昨天我做了一個有趣的夢喔。

2-4

B：へぇー、どんな夢？
ゆめ
he.e./do.n.na.yu.me.
咦，是怎樣的夢呢？

2-5

A：里奈ちゃん、どうしたの？
りな
ri.na.cha.n./do.u.shi.ta.no.
里奈，你怎麼了？

2-6

2-7

B：さっき悪い夢を見た！怖かった！
わる ゆめ み こわ
sa.kki.wa.ru.i.yu.me.o.mi.ta./ko.wa.ka.tta.
剛剛做了惡夢！好可怕！

いびき
鼾 をかいていた。
i.bi.ki.o.ka.i.te.i.ta.

打呼。

說明

　　「鼾」表示鼾聲，而動詞用「かく」。整句表示打呼的意思。

會話

A：昨夜はあまり眠れなかった。
yu.u.be.wa.a.ma.ri.ne.mu.re.na.ka.tta.
昨晚睡不太著。

B：どうして？
do.u.shi.te.
為什麼？

A：お前が鼾をかいていたからだよ。
o.ma.e.ga.i.bi.ki.o.ka.i.te.i.ta.ka.ra.da.yo.
因為你在打呼！

B：えっ？！
e.
唉？

歯を磨いて。
は　み　が
ha.o.mi.ga.i.te.
去刷牙。

生活盥洗

說明

　　在日文裡，刷牙的動詞是用「磨く」，磨的意思來表示。

會話

A：おはよう。
　　o.ha.yo.u.
　　早安。

B：おはよう、母さん。
　　　　　　　　　　かあ
　　o.ha.yo.u./ka.a.sa.n.
　　早安，媽媽。

A：早く歯を磨いて。
　　はや　は　みが
　　ha.ya.ku.ha.o.mi.ga.i.te.
　　快點去刷牙。

B：はい。
　　ha.i.
　　好。

お風呂に入る。
o.fu.ro.ni.ha.i.ru.
泡澡、洗澡。

說明

「風呂」是指浴缸的意思。在日本有泡澡的文化，因此洗澡通常以此表示。

會話

A：あ～、疲れた！
a./tsu.ka.re.ta.
啊～好累啊！

B：じゃ、早くお風呂に入って。
ja./ha.ya.ku.o.fu.ro.ni.ha.i.tte.
那麼就快點去洗澡。

A：お風呂に入った？
o.fu.ro.ni.ha.i.tta.
洗澡了嗎？

B：まだだよ。
ma.da.da.yo.
還沒喔。

シャワーを浴びる。
sha.wa.a.o.a.bi.ru.
淋浴。

2-1

2-2

生活盥洗

說明

與「お風呂に入る」不同，這個是只有淋浴的意思，沒有泡澡的意思。

會話

A：私は毎朝起きてからシャワーを浴びる。
wa.ta.shi.wa.ma.i.a.sa.o.ki.te.ka.ra.sha.wa.a.o.a.bi.ru.
我每天早上起床後都會淋浴。

2-3

B：へぇー、どうして？
he.e./do.u.shi.te.
唉？為什麼？

2-4

A：気持ちいいから。
ki.mo.chi.i.i.ka.ra.
因為很舒服。

2-5

2-6

B：そうなの？
so.u.na.no.
是嗎？

2-7

トイレはどこですか？
to.i.re.wa.do.ko.de.su.ka.
廁所在哪裡？

說明

「トイレ」是從英文的「toilet」轉變而來的。此句可以用來詢問廁所在哪裡。

會話

A：すみませんが、トイレはどこですか？
su.mi.ma.se.n.ga./to.i.re.wa.do.ko.de.su.ka.
不好意思，請問廁所在哪裡？

B：あっちですよ！
a.cchi.de.su.yo.
在那裡喔！

A：ありがとう。
a.ri.ga.to.u.
謝謝。

ちょっとトイレに
行ってきます。
cho.tto.to.i.re.ni.i.tte.ki.ma.su.
去一下廁所。

2-1

2-2

生活盥洗

說明

「行ってきます」有去就回來的感覺，因此整句可以用來表示要去一下廁所。

會話

2-3

2-4

A：すみません…
su.mi.ma.se.n.
不好意思…

2-5

B：どうしたの？
do.u.shi.ta.no.
怎麼了嗎？

2-6

A：ちょっとトイレに行ってきます。
cho.tto.to.i.re.ni.i.tte.ki.ma.su.
我要去一下廁所。

2-7

B：はい。どうぞ。
ha.i./do.u.zo.
好的，請去。

ちょっとお手洗いに
行ってきます。
cho.tto.o.te.a.ra.i.ni.i.tte.ki.ma.su.
去一下洗手間。

説明

「お手洗い」是廁所的另一種說法，相較於中文裡的洗手間。也可以用來表達要去一下廁所的意思。

會話

A：えっ、もう帰るんですか？
　　e./mo.u.ka.e.ru.n.de.su.ka.
　　唉？你要回去了嗎？

B：ううん、ちょっとお手洗いに行ってきます。
　　u.u.n./cho.tto.o.te.a.ra.i.ni.i.tte.ki.ma.su.
　　不，我要去一下洗手間。

___

A：ちょっとお手洗いに行ってきます。
　　cho.tto.o.te.a.ra.i.ni.i.tte.ki.ma.su.
　　我要去一下洗手間。

B：はい、待っています。
　　ha.i./ma.tte.i.ma.su.
　　好的，我等你。

～を食べます。
o.ta.be.ma.su.
吃～。

説明

吃的基本動詞,「を」前面加受詞, 代表吃～。

2-3

會話

用

A：昼ごはんは何を食べますか?
hi.ru.go.ha.n.wa.na.ni.o.ta.be.ma.su.ka.
午餐要吃甚麼好呢?

餐

B：じゃ、うどんを食べましょう!
ja./u.do.no.ta.be.ma.sho.u.
那我們去吃烏龍麵!

A：いいですよ!私もうどんが好きです。
i.i.de.su.yo./wa.ta.shi.mo.u.do.n.ga.su.ki.de.su.
好啊!我也喜歡烏龍麵!

B：うん、行きましょう!
u.n./i.ki.ma.sho.u.
嗯,那我們走吧!

～を飲みます。
o.no.mi.ma.su.

喝～。

説明

喝的基本動詞，「を」前面加受詞，代表喝～。
另外，日文裡的「吃藥」不用「食べます」，而是用
「飲みます」來表示。

會話

A：山口さんは何を頼むの？
ya.ma.gu.chi.sa.n.wa.na.ni.o.ta.no.mu.no.
山口要點甚麼呢？

B：オレンジジュース。
o.re.n.ji.ju.u.su.
柳橙汁。

A：お酒を飲まないの？
o.sa.ke.o.no.ma.na.i.no.
不喝酒嗎？

B：ええ、後で運転するから。
e.e./a.to.de.u.n.te.n.su.ru.ka.ra.
嗯，因為等下要開車。

お腹空いた。
なかすい
o.na.ka.su.i.ta.
肚子餓了。

說明

肚子餓的表示方法，「空いた」是空、有空隙的意思。所以整句下來代表肚子空空的意思。

會話

A：母さん、ご飯はまだ？
かあ　　　　はん
ka.a.sa.n./go.ha.n.wa.ma.da.
媽媽，飯還沒好嗎？

B：もうすぐだよ。
mo.u.su.gu.da.yo.
快好了喔！

A：もうお腹空いた。
なかすい
mo.u.o.na.ka.su.i.ta.
已經肚子餓了！

B：はい、はい、できたよ。
ha.i./ha.i./de.ki.ta.yo.
好、好。做好了喔。

お腹ぺこぺこ。

o.na.ka.pe.ko.pe.ko.

肚子餓扁了。

説明

表示肚子餓扁了的意思。

會話

A：もうお腹ぺこぺこだ。
mo.u.o.na.ka.pe.ko.pe.ko.da.
肚子已經餓扁啦。

B：えっ！さっき食べたばかりじゃないの？
e./sa.kki.ta.be.ta.ba.ka.ri.ja.na.i.no.
唉？你不是剛剛才吃過嗎？

A：何か食べようか。
na.ni.ka.ta.be.yo.u.ka.
來吃點甚麼吧。

B：うん、お腹もぺこぺこだ！
u.n./o.na.ka.mo.pe.ko.pe.ko.da.
好啊，肚子也餓了！

お腹いっぱい。
なか
o.na.ka.i.ppa.i.
好飽喔！

説明

表示肚子很飽的意思，「いっぱい」有滿的意思，故整句話代表肚子很滿、很飽的感覺。

會話

A：もうお腹いっぱい！
なか
　mo.u.o.na.ka.i.ppa.i.
　肚子已經飽了！

B：えっ！あまり食べていないだろう？
た
　e./a.ma.ri.ta.be.te.i.na.i.da.ro.u.
　唉？你根本沒甚麼吃吧？

A：私は少食だもん。
わたし　しょうしょく
　wa.ta.shi.wa.sho.u.sho.ku.da.mo.n.
　因為我食量很小嘛。

B：そうだね。
　so.u.da.ne.
　對喔。

あまり食欲がない。

しょくよく

a.ma.ri.sho.ku.yo.ku.ga.na.i.

沒甚麼食慾。

說明

用餐時沒甚麼胃口或吃不太下的時候，就可以以此句型表示。

會話

A：料理はおいしくないの？

りょうり

ryo.u.ri.wa.o.i.shi.ku.na.i.no.

料理不好吃嗎？

B：ううん、おいしいよ。

u.u.n./o.i.shi.i.yo.

不，很好吃喔。

A：じゃ、何であまり食べていないの？

なん　　　　　　た

ja./na.n.de.a.ma.ri.ta.be.te.i.na.i.no.

那你怎麼沒甚麼吃呢？

B：ただあまり食欲がないから。

しょくよく

ta.da.a.ma.ri.sho.ku.yo.ku.ga.na.i.ka.ra.

只是因為我沒甚麼食慾。

いただきます。
i.ta.da.ki.ma.su.
我開動了。

2-1

説明

2-2

為日本人用餐前的慣用句。「いただく」為「接受」的謙讓語，代表對犧牲其他生命而得來的食物的感恩。現在多為理解成「那我不客氣了、我要開動了」等意思。

2-3

用

會話

餐

A：どうぞ、食べてください。
do.u.zo./ta.be.te.ku.da.sa.i.
請用。

2-4

B：では、いただきます。
de.wa./i.ta.da.ki.ma.su.
那麼我開動了！

2-5

2-6

A：たくさん食べてね。
ta.ku.sa.n.ta.be.te.ne.
多吃一點唷！

2-7

B：じゃ、いただきます。
ja./i.ta.da.ki.ma.su.
那麼我不客氣了。

喉が渇いた。
のど　かわ

no.do.ga.ka.wa.i.ta.

口渴了。

說明

「喉」是喉嚨的意思，而「渴いた」是乾、渴的意思。因此整句的意思就是指口渴了。

會話

A：ああ～、暑いなぁ！
あつ
a.a./a.tsu.i.na.
啊～真是熱啊！

B：そうね、喉が渇いた。
のど　かわ
so.u.ne./no.do.ga.ka.wa.i.ta.
對啊，口好渴。

A：じゃ、何を飲もうか。
なに　の
ja./na.ni.o.no.mo.u.ka.
那我們去喝點甚麼吧。

B：うん、コンビニに行こう。
い
u.n./ko.n.bi.ni.ni.i.ko.u.
嗯，走！去便利商店吧。

酔っ払った。
yo.ppa.ra.tta.
喝醉了。

2-1

2-2

説明

表示喝醉了的意思。

2-3

會話

用

A：橋本はどうしたの？
ha.shi.mo.to.wa.do.u.shi.ta.no.
橋本怎麼了？

餐

B：飲みすぎて酔っ払ったみたい！
no.mi.su.gi.te.yo.ppa.ra.tta.mi.ta.i.
好像是喝太多喝醉了！

2-4

A：そうか、それは大変！
so.u.ka./so.re.wa.ta.i.he.n.
這樣啊，這可真是麻煩。

2-5

2-6

B：そうだね。
so.u.da.ne.
對啊。

2-7

おかわり。
o.ka.wa.ri.
再來一碗。

說明

「かわり」表示換的意思，因此演變成再來一碗的意思。在家裡或是在家用餐時都可以以此表示再來一碗。

會話

A：母<ruby>母<rt>かあ</rt></ruby>さん、おかわり。
ka.a.sa.n./o.ka.wa.ri.
媽媽，我要再來一碗。

B：はい。最近<ruby>最近<rt>さいきん</rt></ruby>よく食<ruby>食<rt>た</rt></ruby>べるね。
ha.i./sa.i.ki.n.yo.ku.ta.be.ru.ne.
好的，最近吃很多呢！

A：母<ruby>母<rt>かあ</rt></ruby>さんが作<ruby>作<rt>つく</rt></ruby>った料理<ruby>料理<rt>りょうり</rt></ruby>はおいしいから。
ka.a.sa.n.ga.tsu.ku.tta.ryo.u.ri.wa.o.i.shi.i.ka.ra.
因為媽媽做的料理很好吃。

B：うれしいわー。
u.re.shi.i.wa.a.
真是高興。

ご馳走。
go.chi.so.u.
招待／好吃的東西。

2-1

2-2

2-3

用

餐

說明

為酒席、好吃的東西的意思。因此日本人在用餐或受人招待後都會説「ご馳走様でした」表示我吃飽了、受款待了等的意思。另外「ご馳走になる」有被招待、請客的意思。

會話

A：ご馳走様でした。
go.chi.so.u.sa.ma.de.shi.ta.
受款待了。

2-4

B：お粗末さまでした。
o.so.ma.tsu.sa.ma.de.shi.ta.
粗茶淡飯沒甚麼。

2-5

2-6

―――――――――――――――――――――

A：今日は社長にご馳走になりました。
kyo.u.wa.sha.cho.u.ni.go.chi.so.u.ni.na.ri.ma.shi.ta.
今天受到社長的招待。

2-7

B：わぁ～、いいなぁ！
wa.a./i.i.na.
哇～真好呢！

～食べたい。

ta.be.ta.i.

想吃～。

説明

　　吃的基本動詞第二變化後加「たい」，代表想吃的意思。

會話

A：このケーキおいしそう。
　　ko.no.ke.e.ki.o.i.shi.so.u.
　　這個蛋糕看起來好好吃。

B：そうね、食べたいなぁ！
　　so.u.ne./ta.be.ta.i.na.
　　對啊，好想吃喔！

A：じゃ、これを買おうか。
　　ja./ko.re.o.ka.o.u.ka.
　　那麼我們就買這個吧！

B：うん、これにする。
　　u.n./ko.re.ni.su.ru.
　　嗯，就買這個。

ダイエット
da.i.e.tto.
減肥。

説明

　為外來語，從英文的「diet」轉變而來的。為減肥、飲食控制的意思。

會話

A：えっ、愛美ちゃんは食べないの？
e./e.mi.cha.n.wa.ta.be.na.i.no.
唉？愛美不吃嗎？

B：ええ、実はダイエットしてるから。
e.e./ji.tsu.wa.da.i.e.tto.shi.te.ru.ka.ra.
嗯，因為我在減肥。

A：健康のために、少しでも食べたほうがいい
よ。
ke.n.ko.u.no.ta.me.ni./su.ko.shi.de.mo.ta.be.ta.ho.
u.ga.i.i.yo.
為了健康好，還是多少吃一點吧！

B：ううん、我慢する。
u.u.n./ga.ma.n.su.ru.
不，我要忍耐。

メニューをください。

me.nyu.u.o.ku.da.sa.i.

請給我菜單。

說明

「メニュー」是從英文的「menu」轉變而來的，
表示菜單的意思。

會話

A：あのう…
a.no.u.
那個…

B：はい。
ha.i.
是。

A：メニューをください。
me.nyu.u.o.ku.da.sa.i.
請給我菜單。

B：はい、少々お待ちください。
ha.i./sho.u.sho.u.o.ma.chi.ku.da.sa.i.
好的，請稍等一下。

注文をお願いします。
ちゅうもん　　　ねが

chu.u.mo.n.o.o.ne.ga.i.shi.ma.su.

我要點餐。

説明

「注文」是點餐、訂購的意思。因此在表示我要點餐、麻煩要點餐了等時候就可以這樣表達。

會話

A：すみません。
su.mi.ma.se.n.
不好意思。

B：はい。
ha.i.
是。

A：注文をお願いします。
ちゅうもん　　ねが
chu.u.mo.n.o.o.ne.ga.i.shi.ma.su.
我要點餐了。

B：はい。
ha.i.
好的。

お勧めは何ですか？

すす　なん

o.su.su.me.wa.na.n.de.su.ka.

有推薦的嗎？

說明

「勧め」表示勧誘的意思。因此在用餐或是購物時，可以用這句來詢問說推薦的是甚麼、有沒有推薦的。

會話

A：池原さん、決めましたか？

いけはら　　　き

i.ke.ha.ra.sa.n./ki.me.ma.shi.ta.ka.

池原，決定好了嗎？

B：えーと、お勧めは何ですか？

すす　なん

e.e.to /o.su.ou.me.wa.na.n.de.su.ka.

嗯…，有推薦甚麼嗎？

A：このケーキは美味しいですよ。

お　い

ko.no.ke.e.ki.wa.o.i.shi.i.de.su.yo.

這個蛋糕很好吃唷。

B：じゃ、私はそれにします。

わたし

ja./wa.ta.shi.wa.so.re.ni.shi.ma.su.

那我就點那個。

持ち帰る。
も　かえ
mo.chi.ka.e.ru.
外帶。

說明

　　表示外帶、帶回的意思。在點餐的時候要表示不在店內用餐而是外帶的時候可以這樣說。

會話

A：ここで召し上がりますか？
　　　　　　め　あ
　　ko.ko.de.me.shi.a.ga.ri.ma.su.ka.
　　請問是在這邊用餐嗎？

B：いいえ、持ち帰ります。
　　　　　　も　かえ
　　i.i.e./mo.chi.ka.e.ri.ma.su.
　　不，我要外帶。

A：はい、少々お待ちください。
　　　　しょうしょう　ま
　　ha.i./sho.u.sho.u.o.ma.chi.ku.da.sa.i.
　　好的，請稍等一下。

掃除を手伝って。
そうじ　てつだ
so.u.ji.o.te.tsu.da.tte.
幫忙打掃。

說明

　　日文裡的打掃是用「掃除する」來表示，而整句話用來表達請別人幫忙的意思。但此句較為口語，用於上對下或是較熟的平輩間。

會話

A：新一、ちょっと掃除を手伝って。
　　しんいち　　　　　　そうじ　てつだ
　　shi.n.i.chi./cho.tto.so.u.ji.o.te.tsu.da.tte.
　　新一，來幫忙打掃一下。

B：今ゲームをしてるから、後でいい？
　　いま　　　　　　　　　　あと
　　i.ma.ge.e.mu.o.shi.te.ru.ka.ra./a.to.de.i.i.
　　現在在玩遊戲，可以等下嗎？

A：早く手伝って、ゲームは後でいいから。
　　はや　てつだ　　　　　　　　　あと
　　ha.ya.ku.te.tsu.da.tte./ge.e.mu.wa.a.to.de.i.i.ka.ra.
　　快點來幫忙，遊戲等下再玩就可以了。

B：はーい。
　　ha.a.i.
　　是。

洗濯をする。
せんたく
se.n.ta.ku.o.su.ru.
洗衣服。

2-1

說明

「洗濯」是洗、洗滌的意思，因此整句話用來表示洗衣服。

2-2

2-3

會話

2-4

A：今から洗濯をします。
i.ma.ka.ra.se.n.ta.ku.o.shi.ma.su.
現在要去洗衣服。

宗

B：手伝ってあげましょうか？
te.tsu.da.tte.a.ge.ma.sho.u.ka.
我也來幫忙吧？

事

2-5

A：ううん、大丈夫ですよ。
u.u.n./da.i.jo.u.bu.de.su.yo.
不，沒關係喔。

2-6

B：そうですか。
so.u.de.su.ka.
這樣啊。

2-7

洗濯物を干す。
せんたくもの ほ

se.n.ta.ku.mo.no.o.ho.su.

曬衣服。

説明

「洗濯物」就是指「要洗的衣物」或是「洗好的衣物」，加上「干す」晾、曬的動詞，整句話用來表示曬衣服。

會話

A：ああ～雨だ。
あめ
a.a./a.me.da.
啊，下雨了。

B：どうしたの？
do.u.shi.ta.no.
怎麼了嗎？

A：元々洗濯物を干すつもりだったのに。
もともとせんたくもの ほ
mo.to.mo.to.se.n ta.ku.mo.no.o.ho.su.tsu.mo.ri.da.tta.
no.ni.
原本打算要曬衣服的。

B：そっか、それはしょうがないね。
so.kka./so.re.wa.sho.u.ga.na.i.ne.
這樣啊，這也是沒辦法呢。

洗濯物をたたむ。
せんたくもの

se.n.ta.ku.mo.no.o.ta.ta.mu.

摺衣服。

說明

「洗濯物」就是指「要洗的衣物」或是「洗好的衣物」，加上「たたむ」摺、疊的動詞，整句話用來表示摺衣服的意思。

會話

A：愛ちゃん、洗濯物をたたんだ？
　　あい　　　　　せんたくもの
a.i.cha.n./se.n.ta.ku.mo.no.o.ta.ta.n.da.
小愛，衣服摺了嗎？

B：えっ、まだ。
e./ma.da.
唉，還沒有。

A：早くやりなよ。
　　はや
ha.ya.ku.ya.ri.na.yo.
快點去摺。

B：はーい。
ha.a.i.
好。

お皿を洗う。
o.sa.ra.o.a.ra.u.
洗盤子。

說明

「皿」是碟子、盤子的意思。而此句用來表示洗盤子的意思。

會話

A：梨奈ちゃんは最近よくお皿を洗ってくれるね。

ri.na.cha.n.wa.sa.i.ki.n yo.ku.o.sa.ra.o.a.ra.tte.ku.re.ru.ne.

梨奈最近都會幫忙我洗盤子呢。

B：梨奈はお皿を洗うのが好き！
ri.na.wa.o.sa.ra.o.a.ra.u.no.ga.su.ki.
因為梨奈喜歡洗盤子！

A：ご飯を食べたらお皿を洗って。
go.ha.n.o.ta.be.ta.ra.o.sa.ra.o.a.ra.tte.
吃完飯後去把盤子洗一洗。

B：はい、分かった。
ha.i./wa.ka.tta.
好，我知道了。

テレビを見る。
te.re.bi.o.mi.ru.
看電視。

2-1

2-2

2-3

說明

「テレビ」是從英文的「television」轉變而來的，是電視的意思，此句用來表達看電視的意思。

會話

2-4

A：後は何をする？
a.to.wa.na.ni.o.su.ru.
等下要做甚麼？

2-5

看
電
視

B：テレビを見る。
te.re.bi.o.mi.ru.
看電視。

A：嫌だよ。
i.ya.da.yo.
不要啦。

2-6

B：でも僕は見たい。
de.mo.bo.ku.wa.mi.ta.i.
但是我想看。

2-7

テレビをつけて。

te.re.bi.o.tsu.ke.te.

把電視打開。

説明

打開電視是用「つける」這個動詞。因此表示把電視打開時可以用這句日文。

會話

A：あっ、もう七時だ。テレビをつけて。
a./mo.u.shi.chi.ji.da./te.re.bi.o.tsu.ke.te.
啊，已經七點了，把電視打開。

B：はい。何を見る？
ha.i./na.ni.o.mi.ru.
好，你要看甚麼？

A：ニュースだよ。
nyu.u.su.da.yo.
新聞喔。

B：そっか。
so.kka.
這樣啊。

テレビを消^けして。

te.re.bi.o.ke.shi.te.

把電視關掉。

說明

關掉電視是用「消す」這個動詞。因此表示把電視關掉時可以用這句日文。

會話

A：新^{しん}ちゃん、テレビを消^けして。
shi.n.cha.n./te.re.bi.o.ke.shi.te.
小新，把電視關掉。

B：えー、何^{なん}で？
e.e./na.n.de.
唉，為什麼？

A：もう十時^{じゅうじ}でしょう？早^{はや}く寝^ねなさい。
mo.u.ju.u.ji.de.sho.u./ha.ya.ku.ne.na.sa.i.
已經十點了吧？快點去睡覺。

B：はーい。
ha.a.i.
好。

2-1
2-2
2-3
2-4
2-5
看電視
2-6
2-7

チャンネルを
変えてもいい?
か

cha.n.ne.ru.o.ka.e.te.mo.i.i.

可以轉台嗎?

說明

「チャンネル」是從英文裡的「channel」轉變而來的,是指電視頻道。而轉變節目的動詞以「変える」表示。在詢問他人可否轉台時就可以用這句表示。

會話

A:姉ちゃん、姉ちゃん。
ねえ　　ねえ

ne.e.cha.n./ne.e.cha.n.

姊姊,姊姊。

B:何?
なに

na.ni.

甚麼事?

A:チャンネルを変えてもいい?
か

cha.n.ne.ru.o.ka.e.te.mo.i.i.

我可以轉台嗎?

B:後でいい?今はちょうど面白いところ。
あと　　　　いま　　　　　　おもしろ

a.to.de.i.i./i.ma.wa.cho.u.do.o.mo.shi.ro.i.to.ko.ro.

可以等一下嗎?現在正有趣。

テレビをつけっぱなし
にしないで。
te.re.bi.o.tsu.ke.ppa.na.shi.ni.shi.
na.i.de.

不要開著電視不管。

説明

　　動詞第二變化後加「っぱなし」，是做甚麼而指放置不管的意思。在要表示不要開著電視不看時就可以這樣説。

會話

A：テレビを見てる？
te.re.bi.o.mi.te.ru.
你在看電視嗎？

B：ううん。
u.u.n.
沒有。

A：じゃ、テレビをつけっぱなしにしないで。
ja./te.re.bi.o.tsu.ke.ppa.na.shi.ni.shi.na.i.de.
那麼就不要開著電視不管。

B：はい、はい。分かった。
ha.i./ha.i./wa.ka.tta.
好、好，我知道了。

何か面白い番組ある？
なに　おもしろ　ばんぐみ

na.ni.ka.o.mo.shi.ro.i.ba.n.gu.mi.a.ru.

有沒有甚麼有趣的節目？

說明

　　「面白い」是只有趣的意思。「番組」是節目的意思。因此要詢問對方有沒有甚麼有趣的節目時就可以這樣表示。

會話

A：あ～つまらないよ。
　　a./tsu.ma.ra.na.i.yo.
　　啊～真無聊。

B：じゃ、テレビを見ようか？
　　　　　　　　み
　　ja./te.re.bi.o.mi.yo.u.ka.
　　那來看電視吧？

A：何か面白い番組ある？
　　なに　おもしろ　ばんぐみ
　　na.ni.ka.o.mo.shi.ro.i.ba.n.gu.mi.a.ru.
　　有甚麼有趣的節目嗎？

B：さあ～、分からない。
　　　　　　わ
　　sa.a./wa.ka.ra.na.i.
　　嗯～不知道耶。

もしもし、～です。

mo.shi.mo.shi./de.su.

喂，我是～。

説明

「もしもし」是在日語中是「喂」的意思，是為電話接通後所説的用語。

會話

A：もしもし。
mo.shi.mo.shi.
喂。

B：もしもし、田中です。
mo.shi.mo.shi./ta.na.ka.de.su.
喂，我是田中。

A：あ、田中さん、お久しぶりです。
a./ta.na.ka.sa.n./o.hi.sa.shi.bu.ri.de.su.
啊，田中好久不見。

B：ええ、お久しぶりです。
e.e./o.hi.sa.shi.bu.ri.de.su.
對啊，好久不見。

～をお願いします。
o.o.ne.ga.i.shi.ma.su.
麻煩找～。

說明

　　在打電話時，想找的人不是應答電話的人的時候，就可以用這句表示麻煩找～來聽電話。

會話

A：もしもし。
mo.shi.mo.shi.
喂。

B：もしもし、古井です。すみませんが、
　　一郎君をお願いします。
mo.shi.mo.shi./fu.ru.i.de.su./su.mi.ma.se.n.ga./i.chi.ro.u.ku.n.o.o.ne.ga.i.shi.ma.su.
喂，我是古井。不好意思，麻煩找一下一郎。

A：はい。ちょっと待ってくださいね。
ha.i./cho.tto.ma.tte.ku.da.sa.i.ne.
好的，請等一下。

～はいらっしゃいますか？

wa.i.ra.ssha.i.ma.su.ka.

請問～在嗎？

說明

打電話或平常對話的時候，可以用此句來詢問要找的人在不在。

會話

A：もしもし、太郎君はいらっしゃいますか？
mo.shi.mo.shi./ta.ro.u.ku.n.wa.i.ra.ssha.i.ma.su.ka.
喂，請問太郎在嗎？

B：すみませんが、彼は今お風呂に入っていますが。
su.mi.ma.se.n.ga./ka.re.wa.i.ma.o.fu.ro.ni.ha.i.tte.
i.ma.su.ga.
不好意思，他現在正在洗澡。

A：そうですか、じゃ、また後で電話します。
so.u.de.su.ka./ja./ma.ta.a.to.de.de.n.wa.shi.ma.su.
這樣啊，那我晚點再打來。

掛け直す。
か　なお
ka.ke.na.o.su.
重打電話。

說明

「直す」是重新做的動詞，因此整句表示重新打電話、再打電話的意思。

會話

A：もしもし。
mo.shi.mo.shi.
喂。

B：もしもし、木村ですが、里香ちゃんはいら
　　っしゃいますか？
mo.shi.mo.shi./ki.mu.ra.de.su.ga./ri.ka.cha.n.wa.i.ra.
ssha.i.ma.su.ka.
喂，我是木村。請問里香在嗎？

A：すみませんが、今里香ちゃんはいません。
su.mi.ma.se.n.ga./i.ma.ri.ka.cha.n.wa.i.ma.se.n.
不好意思，里香現在不在。

B：そうですか、じゃ、またあとで掛け直しま
　　す。
so.u.de.su.ka./ja./ma.ta.a.to.de.ka.ke.na.o.shi.ma.su.
這樣啊，那麼我晚點再打電話來。

電話が繋がらない。
でんわ　つな
de.n.wa.ga.tsu.na.ga.ra.na.i.

電話打不通。

説明

　　「繋がる」是聯繫、連接的意思。因此電話打不通的時候就是以這樣的句型表示。

會話

A：田中さんは来ないの？
　　ta.na.ka.sa.n.wa.ko.na.i.no.
　　田中不來嗎？

B：分からない。
　　wa.ka.ra.na.i.
　　不知道。

打
電
話

A：電話してみたら？
　　de.n.wa.shi.te.mi.ta.ra.
　　打電話看看呢？

B：電話が繋がらないから連絡はできなかった。
　　de.n.wa.ga.tsu.na.ga.ra.na.i.ka.ra.re.n.ra.ku.wa.de.ki.na.ka.tta.
　　電話打不通所以沒辦法聯絡。

すみません、番号を間違えました。

su.mi.ma.se.n./ba.n.go.u.o.ma.chi.ga.e.ma.shi.ta.

不好意思，弄錯電話號碼了。

説明

「間違える」弄錯、搞錯的意思。因此在打錯電話時，可以以此句型表示抱歉之意。

會話

A：もしもし。
mo.shi.mo.shi.
喂。

B：もしもし、優衣ちゃん。久しぶりだね。
mo.shi.mo.shi./yu.i.cha.n./hi.sa.shi.bu.ri.da.ne.
喂，優衣，好久不見呢！

A：えっ？誰？
e./da.re.
唉？誰啊？

B：あっ、すみません、番号を間違えました。
a./su.mi.ma.se.n./ba.n.go.u.o.ma.chi.ga.e.ma.shi.ta.
啊，不好意思，弄錯電話號碼了！

～から電話があった。

でんわ

ka.ra.de.n.wa.ga.a.tta.

有～打來的電話。

2-1

2-2

說明

用來告知他人有某某人打電話來過時就可以此句型表示。更為禮貌的表達時，後面則是用「ありました」。

2-3

2-4

會話

A：奈々ちゃん、今日健君から電話があったよ。

na.na.cha.n./kyo.u.ke.n.ku.n.ka.ra.de.n.wa.ga.a.tta.
yo.

奈奈，今天小健有打電話來唷。

2-5

2-6

B：なんて言ってた？

na.n.te.i.tte.ta.

他說了甚麼？

打

電

話

A：明日の練習がキャンセルって。

a.shi.ta.no.re.n.shu.u.ga.kya.n.se.ru.tte.

說明天的練習取消。

2-7

B：そっか。分かった。

so.kka./wa.ka.tta.

這樣啊，我知道了。

電話に出られなかった。
でんわ　　　で

de.n.wa.ni.de.ra.re.na.ka.tta.

沒接到電話。

說明

　　接電話的日語是「電話に出る」，因此沒能接到電話就是以此句表示。

會話

A：昨日はどうしたの？何回も電話したけど。
きのう　　　　　　　　　なんかい　　でんわ

　　ki.no.u.wa.do.u.shi.ta.no./na.n.ka.i.mo.de.n.wa.shi.
　　ta.ke.do.

　　昨天怎麼了？我打了很多通電話耶。

B：ごめん、昨日携帯を家に置いていたから
　　　　　　きのうけいたい　いえ　お
　　電話に出られなかった。
　　でんわ　　で

　　go.me.n./ki.no.u.ke.i.ta.i.o.i.e.ni.o.i.te.i.ta.ka.ra.
　　de.n.wa.ni.de.ra.re.na.ka.tta.

　　抱歉，昨天把手機放在家了所以沒接到。

A：何だ。
　　なん

　　na.n.da.

　　甚麼嘛。

B：ごめん、ごめん！

　　go.me.n./go.me.n.

　　抱歉，抱歉。

～に乗ります。
ni.o.no.ri.ma.su.

搭乗～。

說明

在日文裡搭乘交通工具的動詞都是以「～に乗ります」來表示。

會話

A：バスに乗りますか？
ba.su.ni.no.ri.ma.su.ka.
是要搭公車嗎？

B：ううん、タクシーに乗ります。
u.u.n./ta.ku.shi.i.ni.no.ri.ma.su.
不，要搭計程車。

A：何でですか？
na.n.de.de.su.ka.
為什麼呢？

B：時間がありませんから。
ji.ka.n.ga.a.ri.ma.se.n.ka.ra.
因為沒有時間了。

ここで降ります。
ko.ko.de.o.ri.ma.su.
在這裡下車。

説明

　　日文裡下車的動詞是用「降りる」，而要表示從甚麼交通工具上下來的時候則是用表示「～を降りる」。

會話

A：私たちはここで降りますか。
wa.ta.shi.ta.chi.wa.ku.ko.de.o.ri.ma.su.ka.
我們在這裡下車嗎？

B：いいえ、次の駅ですよ。
i.i.e./tsu.gi.no.e.ki.de.su.yo.
不，是下一站喔。

A：健ちゃん、ここで降りますよ。
ke.n.cha.n./ko.ko.de.o.ri.ma.su.yo.
小健，在這裡下車喔。

B：はい。
ha.i.
好的。

乗り換える。
no.ri.ka.e.ru.
換乗、轉車。

2-1

説明

「換える」是換的意思，因此轉車的日文是以此句來表示。

2-2

2-3

會話

2-4

A：私たちは淡水へ行くんでしょう？
wa.ta.shi.ta.chi.wa.ta.n.su.i.e.i.ku.n.de.sho.u.
我們是要去淡水吧？

2-5

B：そうだよ。
so.u.da.yo.
對啊。

2-6

A：じゃ、後は台北駅で乗り換えるのね？
ja./a.to.wa.ta.i.pe.i.e.ki.de.no.ri.ka.e.ru.no.ne.
那麼等下是在台北車站轉車對吧？

2-7

搭乘交通工具

B：そう、そう。
so.u./so.u.
沒錯、沒錯。

～で行きます。
de.i.ki.ma.su.
搭～去。

說明

「で」代表的是「手段、方法」方法的意思，因此要搭甚麼交通工具前往時，可以以此句來表示。

會話

A：明日はバスで行きますか？
a.shi.ta.wa.ba.su.de.i.ki.ma.su.ka.
明天是搭公車去嗎？

B：ううん、タクシーで行きます。
u.u.n./ta.ku.shi.i.de.i.ki.ma.su.
不，要搭計程車去。

A：どうやって行きますか？
do.u.ya.tte.i.ki.ma.su.ka.
要怎麼去呢？

B：電車で行きます。
de.n.sha.de.i.ki.ma.su.
搭電車去。

～までお願いします。

ma.de.o.na.ga.i.shi.ma.su.

麻煩請到～。

説明

在搭乘計程車的時候，就可以此句告知司機想要去的地方。

會話

A：台湾大学の正門までお願いします。
ta.i.wa.n.da.i.ga.ku.no.se.i.mo.n.ma.de.o.ne.ga.shi.
ma.su.
麻煩到台灣大學的正門。

B：はい。
ha.i.
好的。

A：上野駅までお願いします。
u.e.no.e.ki.ma.de.o.ne.ga.i.shi.ma.su.
麻煩到上野車站。

B：はい。
ha.i.
好的。

2-1
2-2
2-3
2-4
2-5
2-6
2-7
搭乘交通工具

～駅はどこですか？
e.ki.wa.do.ko.de.su.ka.
～車站在哪裡？

說明

在詢問他人某某車站在甚麼地方的時候，就可以此句型表示。

會話

A：すみませんが、天神駅はどこですか？
su.mi.ma.se.n.ga./te.n.ji.n.e.ki.wa.do.ko.de.su.ka.
不好意思，請問天神車站在哪裡？

B：この道をまっすぐ行ったら、すぐ見えますよ。
ko.no.mi.chi.o.ma.ssu.gu.i.tta.ra./su.gu.mi.e.ma.su.yo.
往這條街一直直走的話，就可以馬上看到喔。

A：そうですか、ありがとうございました。
so.u.de.su.ka./a.ri.ga.to.u.go.za.i.ma.shi.ta.
這樣啊，謝謝你。

B：どういたしまして。
do.u.i.ta.shi.ma.shi.te.
不客氣。

終電は何時ですか？
しゅうでん なんじ

shu.u.de.n.wa.na.n.ji.de.su.ka.

末班車是甚麼時候？

說明

「終電」指的是末班電車的意思。在詢問他人末班車是甚麼時候時就可以用此句表示。

會話

A：えっ、終電は何時ですか？
しゅうでん なんじ
e./shu.u.de.n.wa.na.n.ji.de.su.ka.
咦，末班車是甚麼時候？

B：十二時頃ですよ。
じゅうにじ ころ
ju.u.ni.ji.ko.ro.de.su.yo.
十二點左右喔。

A：それじゃ間に合いますよね。
ま あ
so.re.ja.ma.ni.a.i.ma.su.yo.ne.
那麼可以趕得上吧。

B：そうですね。
so.u.de.su.ne.
對啊。

2-1
2-2
2-3
2-4
2-5
2-6
2-7
搭乘交通工具

すみませんが、ここは 私 の席です。

su.mi.ma.se.n.ga./ko.ko.wa.wa.ta.shi.no.se.ki.de.su.

不好意思，這裡是我的位子。

說明

在任何場合遇到自己的位子被他人坐走的時候就可以此句向對方反應。

會話

A：すみませんが、ここは私の席です。
su.mi.ma.se.n.ga./ko.ko.wa.wa.ta.shi.no.se.ki.de.su.
不好意思，這裡是我的位子。

B：あっ、すみません！
a./su.mi.ma.se.n.
啊，不好意思！

A：すみませんが、ここは私の席です。
su.mi.ma.se.n.ga./ko.ko.wa.wa.ta.shi.no.se.ki.de.su.
不好意思，這裡是我的位子。

B：えっ？そうですか？
e./so.u.de.su.ka.
咦，是這樣嗎？

あとどのくらいで着<ruby>着<rt>つ</rt></ruby>き ますか？

a.to.do.no.ku.ra.i.de.tsu.ki.ma.su.ka.

還有多久會到呢？

說明

「着<ruby>着<rt>つ</rt></ruby>く」是抵達的意思。在詢問他人還有多久的時間才會抵達的時候就可以用這個句型。

會話

A：あとどのくらいで着<ruby>着<rt>つ</rt></ruby>きますか？
　　a.to.do.no.ku.ra.i.de.tsu.ki.ma.su.ka.
　　還有多久才會到呢？

B：<ruby>三十分<rt>さんじゅっぷん</rt></ruby>です。
　　sa.n.ju.ppu.n.de.su.
　　三十分鐘。

A：<ruby>結構時間<rt>けっこうじかん</rt></ruby>がかかるんですね。
　　ke.kko.u.ji.ka.n.ga.ka.ka.ru.n.de.su.ne.
　　還蠻久的呢。

B：そうですね。
　　so.u.de.su.ne.
　　對啊。

2-1
2-2
2-3
2-4
2-5
2-6
2-7
搭乘交通工具

～までの切符をお願い します。

ma.de.no.ki.ppu.o.o.ne.ga.i.shi.ma.su.

麻煩給我到～車票。

説明

在買車票時，可以用此來向售票員表示自己要買～車票。

會話

A：福岡までの切符をお願いします。
fu.ku.o.ka.ma.de.no.ki.ppu.o.o.ne.ga.i.shi.ma.su.
麻煩給我到福岡的車票。

B：何枚ですか？
na.n.ma.i.de.su.ka.
請問要幾張？

A：一枚です。
i.chi.ma.i.de.su.
一張。

B：はい、わかりました。
ha.i./wa.ka.ri.ma.shi.ta.
好的，我知道了。

空席はありますか？
ku.u.se.ki.wa.a.ri.ma.su.ka.
有空位嗎？

說明

「空席」表示空位、缺額等意思。因此在乘車或是看演唱會等時候詢問是否有空位時就可以這樣表示。

會話

A：三時の博多までの新幹線の空席はありますか？

sa.n.ji.no.ha.ka.ta.ma.de.no.shi.n.ka.n.se.n.no.

ku.u.se.ki.wa.a.ri.ma.su.ka.

三點到博多的新幹線還有空位嗎？

B：申し訳ありません、もう満席です。

mo.u.shi.wa.ke.a.ri.ma.se.n./mo.u.ma.n.se.ki.de.su.

非常抱歉，已經客滿了。

A：じゃ、次のは？

ja./tsu.gi.no.wa.

那下一班呢？

B：はい、少々お待ちください。

ha.i./sho.u.sho.u.o.ma.chi.ku.da.sa.i.

好的，請稍等一下。

2-1
2-2
2-3
2-4
2-5
2-6
2-7 搭乘交通工具

往復。
おうふく
o.u.fu.ku.

來回。

說明

　　表示來回、往返的意思。在買車票的時候可以以此表示要來回票。

會話

A：すみません…
su.mi.ma.se.n.
不好意思。

B：はい。
ha.i.
是的。

A：名古屋から京都までの往復切符をお願いします。
na.go.ya.ka.ra.kyo.u.to.ma.de.no.o.u.fu.ku.ki.ppu.o.o.ne.ga.i.shi.ma.su.
我要名古屋到京都的來回車票。

B：はい、少々お待ちください。
ha.i./sho.u.sho.u.o.ma.chi.ku.da.sa.i.
好的，請稍等一下。

かたみち
片道。
ka.ta.mi.chi.
單程。

說明

表示單程、單方面的意思。因此在買車票時可以用來表示要單程票的意思。

會話

A：新宿までの切符をお願いします。
shi.n.ju.ku.ma.de.no.ki.ppu.o.o.ne.ga.i.shi.ma.su.
我要到新宿的車票。

B：往復ですか？
o.u.fu.ku.de.su.ka.
來回嗎？

A：いいえ、片道です。
i.i.e./ka.ta.mi.chi.de.su.
不，單程。

B：はい、分かりました。
ha.i./wa.ka.ri.ma.shi.ta.
好的，我知道了。

いつ発車しますか？
i.tsu.ha.ssha.shi.ma.su.ka.
甚麼時候發車？

說明

在詢問發車的時間的時候就可以這樣表示。

會話

A：すみませんが…
su.mi.ma.se.n.ga.
不好意思…

B：はい？
ha.i.
是？

A：次の東北新幹線はいつ発車しますか？
tsu.gi.no.to.u.ho.ku.shi.n.ka.n.se.n.wa.i.tsu.ha.ssha.

shi.ma.su.ka.
下一班的東北新幹線是甚麼時候發車？

B：四時半ですよ。
yo.ji.ha.n.de.su.yo.
四點半喔。

Chapter 3

情感情緒篇

こんにちは、今日も頑張ってください。

日本人でもいいねを押す日本語生活会話

生活会話の基本から学ぶ

気持ちいい。
ki.mo.chi.i.i.
心情好、舒服。

說明

「気持ち」指的是心情、感受的意思。因此這句話就是指心情好、很舒服的意思。

會話

A：疲れたときお風呂に入ると気持ちいいなあ。
tsu.ka.re.ta.to.ki.o.fu.ro.ni.ha.i.ru.to.ki.mo.chi.i.i.na.a.
在疲累的時候去泡個澡真的很舒服呢。

B：そうだね。
so.u.da.ne.
對啊。

A：仕事の後、生ビールを飲んだら気持ちいい。
shi.go.to.no.a.to./na.ma.bi.i.ru.o.no.n.da.ra.ki.mo.chi.
i.i.
在工作之後，來杯生啤酒的話心情就很好。

B：本当だね。
ho.n.do.da.ne.
真的呢。

楽しい。
ta.no.shi.i.
愉快的、高興的。

說明

　　用來表達自己愉快的感受，為較長時間的快樂感受表現用語。

會話

A：数学の授業が楽しい。
su.u.ga.ku.no.ju.gyo.u.ga.ta.no.shi.i.
數學課非常愉快。

B：えっ、私はあまり好きじゃないけど。
e./wa.ta.shi.wa.a.ma.ri.su.ki.ja.na.i.ke.do.
咦，我是不怎麼喜歡啦。

A：昨日のパーティーは楽しかった！
ki.no.u.no.pa.a.ti.i.wa.ta.no.shi.ka.tta.
昨天的派對真是愉快！

B：本当だね。楽しかった！
ho.n.to.u.da.ne./ta.no.shi.ka.tta.
真的呢，好快樂！

<ruby>嬉<rt>うれ</rt></ruby>しい。
u.re.shi.i.
高興的、歡喜的。

3-1

心情愉快

說明

　　用來表達自己高興、歡喜的心情。與「楽しい」比較起來，此句比較為當下瞬間的快樂感受。

3-2

會話

3-3

A：このぬいぐるみはかわいいね。
　　ko.no.nu.i.gu.ru.mi.wa.ka.wa.i.i.ne.
　　這個布娃娃好可愛唷。

3-4

B：ありがとう。これ、あげるよ。
　　a.ri.ga.to.u./ko.re./a.ge.ru.yo.
　　謝謝。這個給你喔。

A：えっ?<ruby>本当<rt>ほんとう</rt></ruby>?<ruby>嬉<rt>うれ</rt></ruby>しい！
　　e./ho.n.to.u./u.re.shi.i.
　　咦?真的嗎?好高興喔！

B：よかった。
　　yo.ka.tta.
　　太好了。

よかった。
yo.ka.tta.
太好了。

説明

安心或鬆了一口氣時的表現用語。也可以用來表示感到高興。

會話

A：愛美ちゃんも明日一緒に来るって。
e.mi.cha.n.mo.a.shi.ta.i.ssho.ni.ku.ru.tte.
愛美也説明天會一起來唷。

B：本当？よかった！
ho.n.to.u./yo.ka.tta.
真的？太好了！

A：この料理おいしい！
ko.no.ryo.u.ri.o.i.shi.i.
這個料理很好吃！

B：よかった！成功した！
yo.ka.tta./se.i.ko.u.shi.ta.
太好了！成功了！

大好き。
だいす
da.i.su.ki.
最喜歡。

3-1

心情愉快

說明

「好き」是指喜歡的意思，而在前面加個「大」就是表示最喜歡、非常喜歡的感覺。

會話

3-2

A：風香ちゃん、明日自転車を買いに行こう。
　　ふうか　　あしたじてんしゃ　か　い
　　fu.u.ka.cha.n./a.shi.ta.ji.te.n.sha.o.ka.i.ni.i.ko.u.
　　風香，我們明天去買腳踏車吧。

3-3

B：えっ、いいの？
　　e./i.i.no.
　　唉？可以嗎？

3-4

A：うん、いいよ。風香ちゃんはずっと欲しか
　　　　　　　　　　ふうか
　　ったろう？
　　u.n./i.i.yo./fu.u.ka.cha.n.wa.zu.tto.ho.shi.ka.tta.da.ro.u.
　　嗯，可以唷。風香不是一直都很想要嗎？

B：わあ、お父さん、大好き！
　　　　　とう　　だいす
　　wa.a./o.to.u.sa.n./da.i.su.ki.
　　哇，最喜歡爸爸了！

やった。
ya.tta.
太好了。

說明

表示高興、喜悅的用詞。

會話

A：やった！！
　ya.tta.
　太好了！！

B：何(なに)かいいことあった？
　na.ni.ka.i.i.ko.to.a.tta.
　有甚麼好事發生嗎？

A：今回(こんかい)の試験(しけん)に受(う)かった！
　ko.n.ka.i.no.shi.ke.n.ni.u.ka.tta.
　這次的考試通過了！

B：本当(ほんとう)？！おめでとう！
　ho.n.to.u./o.me.de.to.u.
　真的？！恭喜！

ついてる。
tsu.i.te.ru.
真幸運。

3-1

心情愉快

說明

　　是從「ついている」變化而來。表示運氣好、走運的意思。

會話

A：わあ、かわいいカバンだね。
wa.a./ka.wa.i.i.ka.ba.n.da.ne.
哇，好可愛的包包呢！

B：ありがとう。
a.ri.ga.to.u.
謝謝。

A：買ったの？
ka.tta.no.
買的嗎？

B：ううん、母の友達がくれたの！本当についてるでしょ！
u.u.n./ha.ha.no.to.mo.da.chi.ga.ku.re.ta.no./ho.n.to.u.ni.tsu.i.te.ru.de.sho.
不是，是媽媽的朋友給的！真的是很幸運對吧！

夢みたい。
ゆめ
yu.me.mi.ta.i.
像做夢一樣。

說明

「みたい」是指像甚麼一樣的意思。因此表示事情太好如做夢般地就可以以此句表示。

會話

A：美奈ちゃんは夏休みに何をする？
mi.na.cha.n.wa.na.tsu.ya.su.mi.ni.na.ni.o.su.ru.
美奈暑假要做甚麼呢？

B：家族とアメリカに旅行するよ。
ka.zo.ku.to.a.me.ri.ka.ni.ryo.ko.u.su.ru.yo.
和家人去美國旅行唷。

A：いいなあ～。
i.i.na.a.
真好。

B：本当、夢みたい。
ho.n.to.u./yu.me.mi.ta.i.
真的，就像做夢一樣。

楽しみ。
たの
ta.no.shi.mi.
期待。

3-1
心
情
愉
快

說明

可以用來表示期待某件事或是期待他人的表現的
用語。

會話

3-2

A：明日から卒業旅行だね。
あした　　　　そつぎょうりょこう
a.shi.ta.ka.ra.so.tsu.gyo.u.ryo.ko.u.da.ne.
明天就是畢業旅行了耶。

3-3

B：そうだね。本当に楽しみだね。
　　　　　　　ほんとう　たの
so.u.da.ne./ho.n.to.u.ni.ta.no.shi.mi.da.ne.
對啊，真的好期待呢。

3-4

A：午後の料理パーティーは楽しみね。
ごご　りょうり　　　　　　　　たの
go.go.no.ryo.u.ri.pa.a.ti.i.wa.ta.no.shi.mi.ne.
好期待下午的料理派對喔。

B：そうだね。
so.u.da.ne.
對啊。

気持ち悪い。
ki.mo.chi.wa.ru.i.
不舒服、心情不好。

說明

　　「気持ち」指的是心情、感受的意思。因此這句話就是指心情不好、不舒服的意思。

會話

A：何があったの？
na.ni.ga.a.tta.no.
發生了甚麼事？

B：昨日食べ過ぎてしまって…
ki.no.u.ta.be.su.gi.te.shi.ma.tte.
昨天吃太多了…

A：何だよ。
na.n.da.yo.
甚麼嘛。

B：本当に気持ち悪い！
ho.n.to.u.ni.ki.mo.chi.wa.ru.i.
真的很不舒服！

怒る。
おこ
o.ko.ru.
生氣。

說明

表示生氣的意思。

會話

A：何で怒ってるの？
なん　おこ
na.n.de.o.ko.tte.ru.no.
為什麼生氣呢？

B：これが、ずっとうまくいかなくて。
ko.re.ga./zu.tto.u.ma.ku.i.ka.na.ku.te.
因為這個一直弄不好。

A：そっか、私も手伝おうか。
わたし　てつだ
so.kka./wa.ta.shi.mo.te.tsu.da.o.u.ka.
這樣啊，我也一起來幫忙吧。

B：ありがたいなあ！
a.ri.ga.ta.i.na.a.
真是感謝啊！

腹が立つ。
ha.ra.ga.ta.tsu.
生氣、不高興。

說明

「腹」是肚子的意思，而「立つ」是立、起的意思。因此有生氣的時候肚子鼓起來的感覺。

會話

A：今母は腹を立ててるんだよ。
i.ma.ha.ha.wa.ha.ra.o.ta.te.te.ru.n.da.yo.
媽媽現在生氣。

B：何で？
na.n.de.
為什麼？

A：弟が花瓶を割っちゃったから。
o.to.u.to.ga.ka.bi.n.o.wa.ccha.tta.ka.ra.
因為弟弟打破了花瓶。

B：大変だ！
ta.i.he.n.da.
真糟糕！

むかつく。
mu.ka.tsu.ku.
令人生氣。

說明

　　表示令人生氣、太氣人的意思。同時也有「噁心、反胃」的意思。

會話

A：どうしたの？
do.u.shi.ta.no.
怎麼了嗎？

B：今日は腐った弁当を買っちゃった。
kyo.u.wa.ku.sa.tta.be.n.to.u.o.ka.ccha.tta.
今天買到了壞掉的便當。

A：ついてないね。
tsu.i.te.na.i.ne.
真倒楣呢。

B：本当にむかつく！
ho.n.to.u.ni.mu.ka.tsu.ku.
真是令人生氣！

ふきげん
不機嫌。
fu.ki.ge.n.
不高興。

説明

「機嫌」是心情、情緒的意思，因此前面加了個「不」就是指不高興、愁眉不展的意思。

會話

A：何で不機嫌な顔をしてるの？
na.n.de.fu.ki.ge.n.na.ka.o.o.shi.te.ru.no.
為什麼一臉愁眉不展的？

B：先生に叱られたんだ。
se.n.se.i.ni.shi.ka.ra.re.ta.n.da.
我被老師罵了。

A：何で彼女は不機嫌になったの？
na.n.de.ka.no.jo.wa.fu.ki.ge.n.ni.na.tta.no.
她為什麼變得不高興？

B：知らない。
shi.ra.na.i.
不知道。

大嫌い。
だいきら

da.i.ki.ra.i.

最討厭。

說明

「嫌い」是指討厭、不喜歡的意思，而在前面加個「大」就是表示最討厭、非常討厭的感覺。

會話

A：兄ちゃんのこと大嫌い！
にい　　　　　　　　だいきら

ni.i.cha.n.no.ko.to.da.i.ki.ra.i.

最討厭哥哥了！

B：どうしたの？

do.u.shi.ta.no.

怎麼了嗎？

A：今日一緒に遊ぼうと約束したのに！
きょういっしょ　　あそ　　　　　やくそく

kyo.u.i.ssho.ni.a.so.bo.u.to.ya.ku.so.ku.shi.ta.no.ni.

今天明明就約好要一起玩的！

B：結局行かなかったの？
けっきょくい

ke.kkyo.ku.i.ka.na.ka.tta.no.

結果沒有去嗎？

<ruby>最低<rt>さいてい</rt></ruby>。
sa.i.te.i.
真差勁。

說明

表示最低、最差的意思。因此也可以用來表示最差勁的意思。

會話

A：<ruby>何<rt>なん</rt></ruby>で<ruby>勝手<rt>かって</rt></ruby>に<ruby>私<rt>わたし</rt></ruby>のノートを<ruby>見<rt>み</rt></ruby>たの？
na.n.de.ka.tte.ni.wa.ta.shi.no.no.o.to.o.mi.ta.no.
為什麼隨便看我的筆記本呢？

B：いや、ちょっと<ruby>見<rt>み</rt></ruby>ただけだよ。
i.ya./cho.tto.mi.ta.da.ke.da.yo.
唉呀，只是看一下而已。

A：<ruby>最低<rt>さいてい</rt></ruby>！
sa.i.te.i.
真是差勁！

B：そんなに<ruby>気<rt>き</rt></ruby>を<ruby>悪<rt>わる</rt></ruby>くしないでよ。
so.n.na.ni.ki.o.wa.ru.ku.shi.na.i.de.yo.
別那麼生氣嘛！

嫌だ。
いや
i.ya.da.
不要、討厭。

說明

表示拒絕、討厭、不喜歡的用語。

會話

A：姉ちゃん、これを食べてもいい？
ne.e.cha.n./ko.re.o.ta.be.te.mo.i.i.
姐姐，我可以吃這個嗎？

B：嫌だよ。
i.ya.da.yo.
才不要呢。

A：どうして？
do.u.shi.te.
為什麼？

B：昨日の態度が悪かったから。
ki.no.u.no.ta.i.do.ga.wa.ru.ka.tta.ka.ra.
因為你昨天的態度很差。

ひどい。
hi.do.i.
過分、很慘。

說明

　　表示很過分、太超過的意思。也有很慘、很糟的意思。

會話

A：ごめん、明日は行けなくなった。
go.me.n./a.shi.ta.wa.i.ke.na.ku.na.tta.
抱歉，明天不能去了。

B：何で？
na.n.de.
為什麼？

A：仕事がまだ終わらないから。
shi.go.to.ga.ma.da.o.wa.ra.na.i.ka.ra.
因為工作還沒做完。

B：ひどい！約束したのに！
hi.do.i./ya.ku.so.ku.shi.ta.no.ni.
好過分！明明就約好了！

面倒くさい。
めんどう
me.n.do.u.ku.sa.i.
真麻煩。

3-2

心情不佳

說明

是用來表示覺得事情很麻煩、很費心力的意思。

會話

A：何があったの？
　なに
na.ni.ga.a.tta.no.
發生了甚麼事？

B：先生がレポートを書き直してって。
　せんせい　　　　　　　　か　なお
se.n.se.i.ga.re.po.o.to.o.ka.ki.na.o.shi.te.tte.
老師要我重寫報告。

A：そっか。
so.kka.
這樣啊。

B：面倒くさい！
　めんどう
me.n.do.u.ku.sa.i.
真是麻煩！

邪魔しないで。
ja.ma.shi.na.i.de.
別打擾我。

說明

「邪魔」是指妨礙、打擾的意思。因此此句用來表示不要來打擾、妨礙的意思。

會話

A：兄ちゃん、一緒に遊ぼう。
ni.i.cha.n./i.ssho.ni.a.so.bo.u.
哥哥，一起玩吧。

B：今は忙しい。
i.ma.wa.i.so.ga.shi.i.
現在很忙。

A：遊ぼうよ。
a.so.bo.u.yo.
來玩嘛！

B：邪魔しないで！
ja.ma.shi.na.i.de.
別來妨礙我！

まったく。

ma.tta.ku.

真是的。

說明

「まったく」是完全、實在的意思。也可以用來表示真是的、受不了的意思。

會話

A：道具は完成した？
どうぐ　かんせい
do.u.gu.wa.ka.n.se.i.shi.ta.
道具完成了嗎？

B：いや、まだ…。
i.ya./ma.da.
哎呀，還沒有…。

A：まったく！
ma.tta.ku.
真是的！

B：ごめん、明日までに完成するから。
あした　　　　かんせい
go.me.n./a.shi.ta.ma.de.ni.ka.n.se.i.su.ru.ka.ra.
抱歉，明天之前一定完成。

3-1

3-2
心情不佳

3-3

3-4

勝手にしなさい。

かって

ka.tte.ni.shi.na.sa.i.

隨便你啦。

說明

「勝手」是隨意、任意的意思。因此此句話表示有不滿，隨便他人、不想管的意思。

會話

A：母さん、明日行ってもいい？
かあ　あした　い

ka.a.sa.n./a.shi.ta.i.tte.mo.i.i.

媽媽，明天可以去嗎？

B：だめ。

da.me.

不行。

A：何で？みんなも行くから、いいでしょ？
なん　　　　　い

na.n.de./mi.n.na.mo.i.ku.ka.ra./i.i.de.sho.

為什麼？大家都會去啊，可以吧？

B：もう、勝手にしなさい。
かって

mo.u./ka.tte.ni.shi.na.sa.i.

隨便你啦。

馬鹿にするな。
ばか

ba.ka.ni.su.ru.na.

不要把我當白痴。

說明

「馬鹿」是笨、愚蠢的意思。而「するな」是不要做、不准做等命令形的意思。整句就表示不要把我當白痴、不要耍我的意思。

會話

A：ねね、これを食べてみて。
ne.ne./ko.re.o.ta.be.te.mi.te.
喂喂，你吃吃看這個。

B：嫌だ。これはおいしくないだろう。
i.ya.da./ko.re.wa.o.i.shi.ku.na.i.da.ro.u.
才不要，這個不好吃對吧。

A：そんなことはないよ、さあ、食べてみて！
so.n.na.ko.to.wa.na.i.yo./sa.a./ta.be.te.mi.te.
才沒有那種事呢，來，吃吃看吧！

B：馬鹿にするな。
ばか
ba.ka.ni.su.ru.na.
不要把我當白痴！

言い訳するな。
i.i.wa.ke.su.ru.na.
不要找藉口。

說明

「言い訳」藉口的意思。而「するな」是不要做、不准做等命令形的意思。整句就表示不要找藉口、不准找藉口的意思。

會話

A：昨日どうして来なかったの？
ki.no.u.do.u.shi.te.ko.na.ka.tta.no.
昨天怎麼沒來？

B：ごめん、昨日母が…
go.me.n./ki.no.u.ha.ha.ga.
抱歉，昨天媽媽她…

A：言い訳するな！
i.i.wa.ke.su.ru.na.
不要找藉口！

B：すみません！
su.mi.ma.se.n.
對不起！

つまらない。
tsu.ma.ra.na.i.
無聊。

說明

表示事物很沒意思、無聊、無趣等意思。

會話

A：つまらないなあ、毎日同じような仕事をしてる。
tsu.ma.ra.na.i.na.a./ma.i.ni.chi.o.na.ji.yo.u.na.shi.
go.to.o.shi.te.ru.
好無趣啊，每天都做同樣的工作。

B：そうだね、つまらないね。
so.u.da.ne./tsu.ma.ra.na.i.ne.
對啊，真無聊呢。

A：じゃ、週末は遊びに行こうか。
ja./shu.u.ma.tsu.wa.a.so.bi.ni.i.ko.u.ka.
那麼，我們週末去玩吧。

B：うん、いいよ。
u.n./i.i.yo.
嗯，好啊。

やっかい
厄介。
ya.kka.i.
麻煩。

說明

是表示麻煩、困難等難對付的意思。

會話

A：まだ起きてた？
ma.da.o.ki.te.tta.
還沒睡嗎？

B：うん、厄介な宿題があるから。
u.n./ya.kka.i.na.shu.ku.da.i.ga.a.ru.ka.ra.
嗯，因為有難搞的作業。

A：そっか、頑張ってね。
so.kka./ga.n.ba.tte.ne.
這樣啊，加油呢。

B：うん。
u.n.
嗯。

参った。
まい

ma.i.tta.

敗給他。

說明

是從「参る」變化而來。表示敗給他／你了、或是被他／你給打敗等無奈或是生氣的意思。

會話

A：あのう…
　a.no.u.
　那個…

B：どうしたの？
　do.u.shi.ta.no.
　怎麼了？

A：一之瀬は明日も来ないって。
　いちのせ　あした　こ
　i.chi.no.se.wa.a.shi.ta.mo.ko.na.i.tte.
　一之瀬説明天也不來。

B：参った！
　まい
　ma.i.tta.
　真是敗給他了！

がっかり。
ga.kka.ri.
失望。

説明

是表示灰心、失望的意思。

會話

A：試験の結果はどうだった？
shi.ke.n.no.ke.kka.wa.do.u.da.tta.
考試的結果怎麼樣？

B：だめだった。
da.me.da.tta.
不行了。

A：えっ、勉強しなかったの？
e./be.n.kyo.u.shi.na.ka.tta.no.
咦，沒有讀書嗎？

B：いや、一生懸命勉強したのに。ああ、
がっかり！
i.ya./i.ssho.u.ke.n.me.i.be.n.kyo.u.shi.ta.no.ni./a.a./
ga.kka.ri.
不，明明就拼了命念書的説。啊啊，真失望！

残念。
ざんねん
za.n.ne.n.

可惜。

說明

用來表示感到可惜或是同情的意思。

3-1

3-2

3-3

失望、難過

3-4

會話

A：明日は一緒に行けなくなった。
あした　　いっしょ　い
a.shi.ta.wa.i.ssho.ni.i.ke.na.ku.na.tta.
明天不能一起去了。

B：えっ、何で？
　　　なん
e./na.n.de.
咦，為什麼？

A：仕事がまだ終わってないから。
　し　ごと　　　　　　お
shi.go.to.ga.ma.da.o.wa.tte.na.i.ka.ra.
因為工作還沒做完。

B：ああ、残念！
　　　　ざんねん
a.a./za.n.ne.n.
唉呀，真可惜！

信<ruby>じ<rt>しん</rt></ruby>られない。

shi.n.ji.ra.re.na.i.

不敢相信。

説明

「信じれる」是可以相信、能相信的意思，因此整句話可以用來表示不可置信的感覺。

會話

A：前田さんは癌で入院した。
ma.e.da.sa.n.wa.ga.n.de.nyu.u.i.n.shi.ta.
前田他因為癌症住院了。

B：えっ、何？信じられない。
e./na.ni./shi.n.ji.ra.re.na.i.
唉，甚麼？不敢相信。

A：だろう、彼はいつも元気にしていたのに。
da.ro.u./ka.re.wa.i.tsu.mo.ge.n.ki.ni.shi.te.i.ta.no.ni.
對吧，他明明一直都很健康的樣子。

しょうがない。

sho.u.ga.na.i.

沒辦法。

說明

用來表示沒有辦法、不等已等無奈的感覺。

會話

失望、難過

A：明日も来ないの？
　　a.shi.ta.mo.ko.na.i.no.
　　明天也不來嗎？

B：うん、ごめん！
　　u.n./go.me.n.
　　嗯，抱歉！

A：何よ、一回だけでいいから来なさいよ。
　　na.ni.yo./i.kka.i.da.ke.de.i.i.ka.ra.ki.na.sa.i.yo.
　　甚麼嘛，來一次也好嘛！

B：忙しいからしょうがないよ。
　　i.so.ga.shi.i.ka.ra.sho.u.ga.na.i.yo.
　　因為很忙所以也沒辦法啦。

ついてない。
tsu.i.te.na.i.
真倒楣。

說明

「ついてる」是幸運、走運的意思，因此此句就是很倒楣、不走運的意思。

會話

A：昨日先生に叱られた。
ki.no.u.se.n.se.i.ni.shi.ka.ra.re.ta.
昨天被老師罵了。

B：直樹にはよくあることじゃないの？
na.o.ki.ni.wa.yo.ku.a.ru.ko.to.ja.na.i.no.
這對直樹來說不是經常有的事嗎？

A：しかも好きな女の子に見られた。
shi.ka.mo.su.ki.na.o.n.na.no.ko.ni.mi.ra.re.ta.
而且被喜歡的女孩看到了。

B：ついてないね。
tsu.i.te.na.i.ne.
真倒楣呢！

落ち込む。
o.chi.ko.mu.
消沉。

3-1

3-2

3-3

失望、難過

3-4

說明

「落ち込む」有掉進、塌陷的意思，也可以用來表示心情消沉的狀態。

會話

A：何で落ち込んでるの？
na.n.de.o.chi.ko.n.de.ru.no.
為什麼這麼消沉？

B：試験の点数が悪かった。
shi.ke.n.no.te.n.su.u.ga.wa.ru.ka.tta.
考試的成績很差。

A：今度もっと頑張ればいいの！元気出して！
ko.n.do.mo.tto.ga.n.ba.re.ba.i.i.no./ge.n.ki.da.shi.te.
下次再加油就好了！打起精神來！

B：うん。
u.n.
嗯。

どうしよう。
do.u.shi.yo.u.
怎麼辦。

說明

表示該怎麼辦、該如何是好等意思，有向別人求救的感覺。

會話

A：どうしよう！
do.u.shi.yo.u.
怎麼辦！

B：何があったの？
na.ni.ga.a.tta.no.
發生了甚麼事？

A：母さんの大切なお皿お割っちゃった。
ka.a.sa.n.no.ta.i.se.tsu.na.o.sa.ra.o.wa.ccha.tta.
我不小心打破媽媽最寶貝的盤子了。

B：大変だ！
ta.i.he.n.da.
真糟糕！

しまった。
shi.ma.tta.
完蛋了。

說明

用來表示完蛋了、糟糕了等情況壞的時候的用語。

3-1

3-2

3-3

失望、難過

3-4

會話

A：次は数学の授業でしょう？
tsu.gi.wa.su.u.ga.ku.no.ju.gyo.u.de.sho.u.
等下是數學課吧？

B：しまった！
shi.ma.tta.
完蛋了！

A：何？
na.ni.
怎麼了？

B：宿題を忘れちゃった。
shu.ku.da.i.o.wa.su.re.cha.tta.
我忘記寫作業了。

もう終わりだ。

mo.u.o.wa.ri.da.

一切結束了。

說明

「終わる」是結束的意思，因此此句有種一切結束了、完蛋了的感覺。

會話

A：えっ、次の授業は試験あるの？
　　e./tsu.gi.no.ju.gyo.u.wa.shi.ke.n.a.ru.no.
　　咦，等下要考試？

B：ええ、先週言ったでしょう？
　　e.e./se.n.shu.u.i.tta.de.sho.u.
　　嗯，上周不是有講過？

A：わあ、もう終わりだ。
　　wa.a./mo.u.o.wa.ri.da.
　　哇，完蛋了。

B：まったく。
　　ma.tta.ku.
　　真是的。

大変。
たいへん
ta.i.he.n.
嚴重、糟糕。

3-1

3-2

3-3

失望、難過

3-4

說明

　　用來表示有非常嚴重、糟糕的感覺。也可以表示很辛苦的意思。

會話

A：今週は三つのレポートを書かなければならない。
こんしゅう　みっ　　　　　　　　　　　か
ko.n.shu.u.wa.mi.ttsu.no.re.po.o.to.o.ka.ka.na.ke.re.
ba.na.ra.na.i.
這周必須要寫三個報告。

B：大変だ。
たいへん
ta.i.he.n.da.
真是辛苦。

A：今先生が怒っています。
いませんせい　おこ
i.ma.se.n.se.i.ga.o.ko.tte.i.ma.su.
現在老師在生氣。

B：大変だ。
たいへん
ta.i.he.n.da.
真糟糕。

やばい。

ya.ba.i.

完蛋、糟糕。

說明

有危險、不妙的感覺，用來表示完蛋了、糟糕了等狀況。

會話

A：それは何？
so.re.wa.na.ni.
那是什麼？

B：美恵ちゃんへの誕生日プレゼント。
mi.e.cha.n.e.no.ta.n.jo.u.bi.pu.re.ze.n.to.
給美恵的生日禮物。

A：やばい、僕は忘れちゃった。
ya.ba.i./bo.ku.wa.wa.su.re.cha.tta.
完蛋了，我忘記了。

B：何？！
na.ni.
甚麼？！

ひどい目にあった。
hi.do.i.me.ni.a.tta.
真悲慘。

3-1

說明

　　表示經歷到壞的遭遇、嘗到苦頭等悲慘遭遇狀況。

3-2

3-3

失望、難過

3-4

會話

A：何で遅刻したの？また寝坊したの？
na.n.de.chi.ko.ku.shi.ta.no./ma.ta.ne.bo.u.shi.ta.no.
為什麼遲到呢？又睡過頭了？

B：いや、今日は早めに起きた。
i.ya./kyo.u.wa.ha.ya.me.ni.o.ki.ta
不，今天很早起。

A：じゃ、何で？
ja./na.n.de.
那麼，為什麼？

B：途中で自転車が壊れた！本当にひどい目に
あった。
to.chu.u.de.ji.te.n.sha.ga.ko.wa.re.ta./ho.n.to.u.ni.
hi.do.i.me.ni.a.tta.
腳踏車在途中壞了！真是悲慘。

困った。
こま
ko.ma.tta.
真困擾。

說明

用來表示令人頭疼、感到困擾等意思。

會話

A：木村は急に来られなくなったって。
きむら きゅう こ
ki.mu.ra.wa.kyu.u.ni.ko.ra.re.na.ku.na.tta.tte.
木村説突然不能來了。

B：何？
なに
na.ni.
甚麼？

A：これじゃ完成できないよ。
かんせい
ko.re.ja.ka.n.se.i.de.ki.na.i.yo.
這樣就沒辦法完成了。

B：困ったね。
こま
ko.ma.tta.ne.
真困擾。

やっぱりだめだ。
ya.ppa.ri.da.me.da.
果然還是不行。

3-1

3-2

3-3

失望、難過

3-4

説明

「やっぱり」是仍然、還是的意思，因此此句有無奈地感到還是不行、果然不行的感覺。

會話

A：これ直せる？
ko.re.na.o.se.ru.
這個能修理嗎？

B：もうこんな様子じゃ無理だ。
mo.u.ko.n.na.yo.u.su.ja.mu.ri.da.
已經這個樣子了沒辦法。

A：やっぱりだめだね。
ya.ppa.ri.da.me.da.ne.
果然還是不行呢。

B：仕方がないね。
shi.ka.ta.ga.na.i.ne.
沒辦法呢。

うそ。
u.so.
騙人。

說明

　　是有說謊、假話的意思。因此在震驚、感到不可置信時就會這樣表達。

會話

A：ねえ、知ってる？
　　ne.e./shi.tte.ru.
　　喂，你知道嗎？

B：何？
　　na.ni.
　　甚麼？

A：昨日美雪が龍二に告白したの！
　　ki.no.u.mi.yu.ki.ga.ryu.u.ji.ni.ko.ku.ha.ku.shi.ta.no.
　　昨天美雪跟龍二告白了！

B：えっ、うそ？！
　　e./u.so.
　　甚麼，騙人吧？！

冗談だろう。
じょうだん

jo.u.da.n.da.ro.u.

開玩笑的吧。

說明

「冗談」是表示玩笑、笑話的意思。在表示感到難以置信，覺得對方在開玩笑的時候就會以此句表達。

會話

A：何で嬉しそうな顔をしているの？
なん　　うれ　　　　　　かお

na.n.de.u.re.shi.so.u.na.ka.o.o.shi.te.i.ru.no.

為什麼一臉高興的樣子？

B：今回の試験で百点を取ったんだよ。
こんかい　しけん　ひゃくてん　と

ko.n.ka.i.no.shi.ke.n.de.hya.ku.te.n.o.to.tta.n.da.yo.

這次考試我考一百分哨。

A：冗談だろう。
じょうだん

jo.u.da.n.da.ro.u.

你開玩笑吧。

B：本当だよ。
ほんとう

ho.n.to.u.da.yo.

是真的哨。

ショック。

sho.kku.

驚訝。

說明

是從英文的「shock」轉變而來，表示打擊、驚訝、吃驚的意思。

會話

A：ねえ、聞いた？
　　ne.e./ki.i.ta.
　　喂，你聽說了嗎？

B：何？
　　na.ni.
　　甚麼？

A：夏井さんは仕事を辞めるって。
　　na.tsu.i.sa.n.wa.shi.go.to.o.ya.me.ru.tte.
　　夏井說要辭職。

B：へえ、ショックだね。
　　he.e./sho.kku.da.ne.
　　甚麼，真是吃驚。

悲しい。
かな
ka.na.shi.i.
悲傷。

說明

用來表示傷心的、悲哀的等意思。

會話

A：じゃ、さよなら。
　ja./sa.yo.na.ra.
　那麼，再見了。

B：嫌。
　いや
　i.ya.
　不要。

A：僕はちゃんと連絡するから。
　ぼく　　　　　　　れんらく
　bo.ku.wa.cha.n.to.re.n.ra.ku.su.ru.ka.ra.
　我會好好跟你聯絡的。

B：一年間会えないなんて悲しいよ！
　いちねんかんあ　　　　　　　かな
　i.chi.ne.n.ka.n.a.e.na.i.na.n.te.ka.na.shi.i.yo.
　有一年的時間見不到好悲傷啊！

つらい。
tsu.ra.i.
艱辛的。

說明

用來表示艱苦、艱辛的、痛苦的等意思。

會話

A：田中さん、お久しぶりです。
　　ta.na.ka.sa.n./o.hi.sa.shi.bu.ri.de.su.
　　田中，好久不見。

B：お久しぶりです。
　　o.hi.sa.shi.bu.ri.de.su.
　　好久不見。

A：最近はどうですか？
　　sa.i.ki.n.wa.do.u.de.su.ka.
　　最近怎麼樣呢？

B：仕事がとてもつらいですよ。
　　shi.go.to.ga.to.te.mo.tsu.ra.i.de.su.yo.
　　工作非常艱辛呢。

切ない。
せつ
se.tsu.na.i.
難受的。

3-3

失
望
、
難
過

説明

用來表示難受的、苦悶的等難過的意思。

會話

A：何を読んでるの？
なに　よ
na.ni.o.yo.n.de.ru.no.
你在看甚麼呢？

B：小説。
しょうせつ
sho.u.se.tsu.
小説。

A：へえ、どんな内容？
ないよう
he.e/do.n.na.na.i.yo.u.
咦，甚麼樣的內容？

B：切ない恋愛ストーリだよ。
せつ　　れんあい
se.tsu.na.i.re.n.a.i.su.to.o.ri.da.yo.
是刻苦的戀愛故事。

ほっとした。
ho.tto.shi.ta.
鬆了一口氣。

說明

表示有安心、鬆了一口氣的感覺。

會話

A : なくなった財布見つかった？
na.ku.na.tta.sa.i.fu.mi.tsu.ka.tta.
遺失的錢包找到了嗎？

B : うん、見つかったよ。
u.n/mi.tsu.ka.tta.yo.
嗯，找的了喔。

A : よかった！
yo.ka.tta.
太好了！

B : うん、本当にほっとした！
u.n/ho.n.to.u.ni.ho.tto.shi.ta.
嗯，真的鬆了一口氣！

安心した。
あんしん
a.n.shi.n.shi.ta.

放心。

説明

表示有感到安心、放下心的感覺。

會話

A：やっと直った。
なお
ya.tto.na.o.tta.
終於修好了。

B：よかった。
yo.ka.tta.
太好了。

A：うん、これで安心した。
あんしん
u.n./ko.re.de.a.n.shi.n.shi.ta.
嗯，這下可以安心了。

B：じゃ、ちょっと休もうよ。
やす
ja./cho.tto.ya.su.mo.u.yo.
那麼，稍微休息一下吧。

助かった。
ta.su.ka.tta.
得救了。

說明

表示有得救了、受到幫助等感嘆的意思。

會話

A : さっき小島君から電話がかかってきた。
sa.kki.o.ji.ma.ku.n.ka.ra.de.n.wa.ga.ka.ka.tte.ki.ta.
剛剛小島打電話來。

B : 何て言ってた？
na.n.te.i.tte.ta.
說了些甚麼？

A : 明日は来るって。
a.shi.ta.wa.ku.ru.tte.
他說明天會來。

B : 助かった！
ta.su.ka.tta.
得救了！

Chapter 4

天氣篇

こんにちは、今日も頑張ってください。

日本人でもいいねを押す日本語生活会話

生活会話の基本から学ぶ

暑い。
あつ

a.tsu.i.

熱。

説明

表示感到熱、炎熱的意思。

會話

A：暑い！
あつ
a.tsu.i.
好熱！

B：夏だからね。
なつ
na.tsu.da.ka.ra.ne.
因為是夏天呀。

A：アイス食べたいなあ。
た
a.i.su.ta.be.ta.i.na.a.
好想吃冰。

B：じゃ、買いに行こう。
か い
ja./ka.i.ni.i.ko.u.
那我們去買吧。

<ruby>寒<rt>さむ</rt></ruby>い。
sa.mu.i.

冷。

說明

表示感到寒冷的意思。

會話

A：わあ、<ruby>寒<rt>さむ</rt></ruby>い。
wa.a./sa.mu.i.
哇，好冷喔。

B：<ruby>本当<rt>ほんとう</rt></ruby>に<ruby>寒<rt>さむ</rt></ruby>いですね。
ho.n.to.u.ni.sa.mu.i.de.su.ne.
真的好冷呢。

A：じゃ、<ruby>帰<rt>かえ</rt></ruby>りましょう。
ja./ka.e.ri.ma.sho.u.
那麼我們回去吧。

B：うん、<ruby>帰<rt>かえ</rt></ruby>りましょう。
u.n./ka.e.ri.ma.sho.u.
嗯，回去吧。

涼しい。
すず
su.zu.shi.i.
涼快的。

說明

表示感到涼爽、涼快的意思。

會話

A：今日は涼しいなあ。
きょう　すず
kyo.u.wa.su.zu.shi.na.a.
今天好涼爽喔。

B：そうだね。
so.u.da.ne.
對啊。

A：このくらいの天気がちょうどいいね。
てんき
ko.no.ku.ra.i.no.te.n.ki.ga.cho.u.do.i.i.ne.
像這樣的天氣剛剛好呢。

B：うん。
u.n.
嗯。

いい天気です。

i.i.te.n.ki.de.su.

天氣好。

說明

用來形容天氣很好、很不錯的意思。

會話

A：今日はいい天気ですね。
kyo.u.wa.i.i.te.n.ki.de.su.ne.
今天天氣很好呢。

B：そうね。どっか遊びに行きましょう。
so.u.ne./do.kka.a.so.bi.ni.i.ki.ma.sho.u.
對啊，我們去哪裡玩玩吧。

A：うん、いいですよ。
u.n./i.i.de.su.yo.
嗯，好啊。

晴^はれています。

ha.re.te.i.ma.su.

天氣晴朗。

説明

表示天氣晴朗的意思。

會話

A：今^{いま}雨^{あめ}が降^ふっていますか？
i.ma.a.me.ga.fu.tte.i.ma.su.ka.
現在在下雨嗎？

B：いいえ、もう晴^はれています。
i.i.e./mo.u.ha.re.te.i.ma.su.
不，已經放晴了。

A：よかった。
yo.ka.tta.
太好了。

B：そうですね。
so.u.de.su.ne.
對啊。

日差しが強い。

hi.za.shi.ga.tsu.yo.i.

日照強烈。

說明

表示陽光照射很強烈、太陽很大的意思。

會話

A：ねえ、どっか遊びに行こう。
ne.e./do.kka.a.so.bi.ni.i.ko.u.
喂喂，我們去哪裡玩吧。

B：嫌よ、今日差しが強いから焼ける。
i.ya.yo./i.ma.hi.za.shi.ga.tsu.yo.i.ka.ra.ya.ke.ru.
才不要，現在日照很強會曬黑喔。

A：何だよ。
na.n.da.yo.
甚麼嘛。

日焼け止め。
ひ や ど
hi.ya.ke.do.me.
防曬乳。

説明

是指防曬乳、防曬霜的意思。

會話

A：うわ、暑い。
u.wa./a.tsu.i.
哇，好熱喔。

B：日差しが強いね。
hi.za.shi.ga.tsu.yo.i.ne.
太陽很大呢。

A：そうね、日焼け止めが必要だ。
so.u.ne./hi.ya.ke.do.me.ga.hi.tsu.yo.u.da.
對啊，需要抹防曬乳。

B：僕は持っていないから、買いに行こう。
bo.ku.wa.mo.tte.i.na.i.ka.ra./ka.i.ni.i.ko.u.
我沒有帶，所以我們去買吧。

雨です。
あめ
a.me.de.su.
雨天、下雨。

說明

表示雨天的意思。

會話

A：うわ、雨だ。
u.wa./a.me.da.
哇，雨天。

B：どうしたの？
do.u.shi.ta.no.
怎麼了嗎？

A：元々ジョギングしようと思ったんだけど。
mo.to.mo.to.jo.gi.n.gu.shi.yo.u.to.o.mo.tta.n.da.ke.do.
我原本打算要去慢跑的說。

B：そっか。
so.kka.
這樣啊。

雨が降っています。
あめ ふ

a.me.ga.fu.tte.i.ma.su.

下雨。

4-1

4-2

氣

象

説明

下雨的動詞是用「降る」來表示。

會話

A：うわ、雨が降っています。
　　あめ ふ
u.wa./a.me.ga.fu.tte.i.ma.su.
哇，下雨了。

B：傘を持っていないんですか？
　　かさ も
ka.sa.o.mo.tte.i.na.i.n.de.su.ka.
你沒帶傘嗎？

A：うん。
u.n.
嗯。

B：僕も。
　　ぼく
bo.ku.mo.
我也是。

雨が降りそう。
あめ　ふ
a.me.ga.fu.ri.so.u.
好像要下雨。

說明

當天氣看起來陰陰的、要下雨的樣子時就可以這樣説。

會話

A：ね、後で散歩しよう。
　　　　あと　さんぽ
ne./a.to.de.sa.n.po.shi.yo.u.
喂，等下去散步吧。

B：でも、雨が降りそう。
　　　　　あめ　ふ
de.mo./a.me.ga.fu.ri.so.u.
但是看起來要下雨了。

A：ああ、本当だ。残念！
　　　　ほんとう　　ざんねん
a.a./ho.n.to.u.da./za.n.ne.n.
哎啊，真的耶。好可惜。

B：また今度ね。
　　　　こんど
ma.ta.ko.n.do.ne.
下次再去吧。

傘を持って行った
ほうがいいよ。

ka.sa.o.mo.tte.i.tta.ho.u.ga.i.i.yo.

帶傘去比較好喔。

說明

表示勸告或是提醒他人要帶傘出門比較好的時候就可以這樣說。

會話

A：じゃ、行ってきます。
ja./i.tte.ki.ma.su.
那麼我要出門了。

B：ああ、ちょっと待って。
a.a./cho.tto.ma.tte.
唉呀，等一下。

A：何？
na.ni.
甚麼？

B：雨が降りそうから、傘を持っていったほうがいいよ。
a.me.ga.fu.ri.so.u.ka.ra./ka.sa.o.mo.tte.i.tta.ho.u.ga.i.i.yo.
好像要下雨了所以帶傘出門比較好喔。

曇りです。
ku.mo.ri.de.su.
陰天。

說明

表示天氣陰陰的樣子。

會話

A：嫌だな、今日は曇りだ。
i.ya.da.na./kyo.u.wa.ku.mo.ri.da.
討厭，今天天氣陰陰的。

B：でも、涼しいですよ。
de.mo./su.zu.shi.i.de.su.yo.
但是，很涼爽喔。

A：そうだけど、僕は晴れが好きなんです。
so.u.da.ke.do./bo.ku.wa.ha.re.ga.su.ki.na.n.de.su.
是沒錯啦，但是我喜歡晴天。

雪が降ります。
yu.ki.ga.fu.ri.ma.su.
下雪。

説明

下雪的動詞也是用「降る」來表示。

會話

A：お父さん、明日は雪が降るの？
o.to.u.sa.n./a.shi.ta.wa.yu.ki.ga.fu.ru.no.
爸爸，明天會下雪嗎？

B：ニュースによると、多分降らないらしい。
nu.u.su.ni.yo.ru.to./ta.bu.n.fu.ra.na.i.ra.shi.i.
看新聞説，應該是不會下。

A：そっか。
so.kka.
這樣啊。

雪だるま。
ゆき
yu.ki.da.ru.ma.

雪人。

說明

「だるま」是指不倒翁或是圓形物體的意思，而前面加了「雪」就變成雪人的意思。

會話

A：うわ、雪が降ってる。
ゆき ふ
u.wa./yu.ki.ga.fu.tte.ru.
哇，下雪了。

B：本当だ。
ほんとう
ho.n.to.u.da.
真的耶。

A：後で雪だるまを作ろう！
あと ゆき つく
a.to.de.yu.ki.da.ru.ma.o.tsu.ku.ro.u.
等下來堆雪人！

B：うん！作ろう！
つく
u.n./tsu.ku.ro.u.
嗯，來堆雪人。

台風が来るそうです。
ta.i.fu.u.ga.ku.ru.so.u.de.su.
颱風好像要來。

說明

「台風」就是颱風的意思。而整句表示颱風似乎要來襲的樣子。

會話

A：ね、雨宮は明日旅行に行くの？
　　ne./a.me.mi.ya.wa.a.shi.ta.ryo.ko.u.ni.i.ku.no.
　　喂，雨宮是明天要去旅行嗎？

B：うん、そうだよ。どうしたの？
　　u.n./so.u.da.yo./do.u.shi.ta.no.
　　嗯，對啊。怎麼了？

A：明日は台風が来るそうよ。
　　a.shi.ta.wa.ta.i.fu.u.ga.ku.ru.so.u.yo.
　　明天颱風好像要來耶。

B：えっ？！
　　e.
　　甚麼？！

台風が上陸します。
た.い.ふ.う　じょ.う.り.く

ta.i.fu.u.ga.jo.u.ri.ku.shi.ma.su.

颱風登陸。

說明

「上陸する」是指登陸、上岸的意思。整句表示颱風登陸。

會話

A：うわ、大雨だ。
　　おおあめ
u.wa./o.o.a.me.da.
哇，下大雨。

B：うん、今日台風が上陸するから。
　　きょうたいふう　じょうりく
u.n./kyo.u.ta.i.fu.u.ga.jo.u.ri.ku.su.ru.ka.ra.
嗯，因為今天颱風登陸。

A：大変だね。
　　たいへん
ta.i.he.n.da.ne.
真是不得了。

風が強い。

かぜ　つよ

ka.ze.ga.tsu.yo.i.

風很強。

4-1

4-2

氣

象

說明

表示風很強、很大的樣子。

會話

A：健ちゃん、お出かけ？

けん　　　　　　　で

ke.n.cha.n./o.de.ka.ke.

小健，你要出去？

B：うん。

u.n.

嗯。

A：今日は風が強いから、気をつけてね。

きょう　かぜ　つよ　　　　　き

kyo.u.wa.ka.ze.ga.tsu.yo.i.ka.ra./ki.o.tsu.ke.te.ne.

今天風很強所以要小心喔。

B：はい。

ha.i.

好的。

Chapter 5

校園生活篇

こんにちは、今日も頑張ってください。

日本人でもいいねを押す日本語生活会話

生活会話の基本から学ぶ

入学する。
にゅうがく

nyu.u.ga.ku.su.ru.

入學。

課

業

説明

入學、上學的意思，而「入学式」就是開學典禮的意思。

會話

A：明日大学に入学する。
あした だいがく にゅうがく
a.shi.ta.da.i.ga.ku.ni.nyu.u.ga.ku.su.ru.
明天就要上大學了。

B：おめでとう。
o.me.de.to.u.
恭喜。

A：いつ入学しますか？
にゅうがく
i.tsu.nyu.u.ga.ku.shi.ma.su.ka.
甚麼時候入學？

B：来週の月曜日です。
らいしゅう げつようび
ra.i.shu.u.no.ge.tsu.yo.u.bi.de.su.
下周一。

卒業する。
そつぎょう

so.tsu.gyo.u.su.ru.

畢業。

說明

畢業、結業的意思，而「卒業式」就是畢業典禮的意思。

會話

A：やっと大学を卒業した。
だいがく　そつぎょう

ya.tto.da.i.ga.ku.o.so.tsu.gyo.u.shi.ta.

終於大學畢業了。

B：おめでとう。
o.me.de.to.u.
恭喜。

A：この四年間は本当にいろいろな勉強をし
よ ねんかん　ほんとう　　　　　　　　　べんきょう

た。

ko.no.yo.ne.n.ka.n.wa.ho.n.to.u.ni.i.ro.i.ro.na.be.
n.kyo.u.o.shi.ta.

這四年來真的學到了很多。

B：それはよかったね。
so.re.wa.yo.ka.tta.ne.
那真是太好了呢。

次の授業は何でしょうか。
tsu.gi.no.ju.gyo.u.wa.na.n.de.sho.u.ka.
等一下是甚麼課？

說明

「授業」是課程的意思，因此當詢問他人等下是上甚麼課的時候就可以此句表示。

會話

A：次の授業は何でしょうか？
tsu.gi.no.ju.gyo.u.wa.na.n.de.sho.u.ka.
等下是甚麼課？

B：英語です。
e.i.go.de.su.
是英文課。

_____

A：次の授業は何だろう？
tsu.gi.no.ju.gyo.u.wa.na.n.da.ro.u.
等下是甚麼課啊？

B：古典文学じゃないの？
ko.te.n.bu.n.ga.ku.ja.na.i.no.
不是古典文學嗎？

レポートの締め切りは

いつですか。

re.po.o.to.no.shi.me.ki.ri.wa.i.tsu.de.su.
ka.

報告的截止期限是甚麼時候？

説明

「締め切り」是指截止期限的意思。因此在問老師或是同學報告甚麼時候之前繳交的話就可以使用。

會話

A：先生、レポートの締め切りはいつですか？
se.n.se.i./re.po.o.to.no.shi.me.ki.ri.wa.i.tsu.de.su.ka.
老師，報告的繳交截止期限是甚麼時候？

B：来週の火曜日です。
ra.shu.u.no.ka.yo.u.bi.de.su.
下周的星期二。

A：えっ、レポートの締め切りはいつ？
e./re.po.o.to.no.shi.me.ki.ri.wa.i.tsu.
咦，報告甚麼時候截止？

B：明日でしょう？
a.shi.ta.de.sho.u.
明天吧？

授業を受ける。
じゅぎょう　う

ju.gyo.u.o.u.ke.ru.

上課。

說明

在日文裡，上課、參加聽課的動詞是用「受ける」這個字來表示。

會話

A：隼人君は何の授業を受けるの？
はやとくん　なん　じゅぎょう　う
ha.ya.to.ku.n.wa.na.n.no.ju.gyo.u.o.u.ke.ru.no.
隼人要上甚麼課呢？

B：スペイン語。
su.pe.i.n.go.
西班牙語。

A：へえ、スペイン語が好きなの？
ご　す
he.e./su.pe.i.n.go.ga.su.ki.na.no.
咦，你喜歡西班牙語啊？

B：うん、そうだよ。
u.n./so.u.da.yo.
嗯，對啊。

授業をサボる。
じゅぎょう

ju.gyo.u.o.sa.bo.ru.

翹課。

說明

「サボる」是從「サボタージュ」而來，表示偷懶、曠工、曠課的意思。因此就此句就有逃課、翹課的意思。

會話

A：ああ、歴史の授業がつまらない。
れきし　じゅぎょう
a.a./re.ki.shi.no.ju.gyo.u.ga.tsu.ma.ra.na.i.
啊呀，歷史課真無聊。

B：じゃ、授業をサボろうか？
じゅぎょう
ja./ju.gyo.u.o.sa.bo.ro.u.ka.
那麼翹課吧？

A：えっ、いいの？
e./i.i.no.
唉？好嗎？

B：いいんじゃない？
i.i.n.ja.na.i.
有甚麼不好？

出席を取る。

しゅっせき　と

shu.sse.ki.o.to.ru.

點名。

5-1

課

業

説明

「出席」就是出席的意思。因此此句就是點名、調查出席狀況的意思。

會話

A：午前の授業は何で来なかったの？
　　ごぜん　じゅぎょう　なん　こ
go.ze.n.no.ju.gyo.u.wa.na.n.de.ko.na.ka.tta.no.
早上的課為什麼沒有來上？

B：朝は寝坊したから。
　　あさ　ねぼう
a.sa.wa.ne.bo.u.shi.ta.ka.ra.
因為睡過頭了。

A：先生出席を取ったよ。
　　せんせいしゅっせき　と
se.n.se.i.shu.sse.ki.o.to.tta.yo.
老師有點名喔。

B：やばい。
ya.ba.i.
糟糕了。

宿題をやる。

しゅくだい

shu.ku.da.i.o.ya.ru.

寫功課。

説明

　　「宿題」就是作業、功課的意思，而動詞則是以「やる」來表示。

會話

A：今から宿題をやる。

いま　　しゅくだい

i.ma.ka.ra.shu.ku.da.i.o.ya.ru.

現在開始要來寫作業。

B：へえ、珍しいなあ。

めずら

he.e./me.zu.ra.shi.i.na.a.

什麼，真是難得呢。

A：今日の量は多いから。

きょう　りょう　おお

kyo.u.no.ryo.u.wa.o.o.i.ka.ra.

因為今天的量很多。

B：頑張ってね。

がんば

ga.n.ba.tte.ne.

加油呢。

単位をとる。
た.ん.い

ta.n.i.o.to.ru.

修學分。

說明

　在日文裡，「単位」就是學分的意思。而修學分就以此句表示。

會話

A：今学期は何単位とる？
こ.ん.が.っ.き　な.ん.た.ん.い
ko.n.ga.kki.wa.na.n.ta.n.i.to.ru.
這學期修幾學分？

B：二十四くらいかな。
に.じゅ.う.よ.ん
ni.ju.u.yo.n.ku.ra.i.ka.na.
二十四個左右吧。

A：へえ、よく頑張ってるね。
が.ん.ば
he.e./yo.ku.ga.n.ba.tte.ru.ne.
唉，很認真努力呢。

A：うん。いろいろ勉強したいから。
べ.ん.きょう
u.n./i.ro.i.ro.be.n.kyo.u.shi.ta.i.ka.ra.
嗯，因為想學很多。

ていがくく
停学食らった。
te.i.ga.ku.ku.ra.tta.
被退學。

說明

「停学」是停學的意思，而「食らう」是遭受、蒙受的意思。因此被退學就可以以此句表示。

會話

A：ねえ、知ってる？
ne.e./shi.tte.ru.
喂喂，你知道嗎？

B：何？
na.ni.
甚麼？

A：柴田くんが停学食らったんだ。
shi.ba.ta.ku.n.ga.te.i.ga.ku.ku.ra.tta.n.da.
柴田他被退學了。

B：へえ？
he.e.
甚麼？

単位を落とす。
たんい　　お

ta.n.i.o.o.to.su.

被當、沒拿到學分。

5-1

課

業

說明

「単位」就是學分的意思，而「落とす」就是丟失、遺漏的意思。因此此句就有被當、沒過、沒拿到學分等意思。

5-2

5-3

5-4

會話

A：ああ、単位を落としちゃった。
たんい　　お
　a.a./ta.n.i.o.o.to.shi.cha.tta.
　啊呀，我被當了。

B：えっ、何で？
　　　　なん
　e./na.n.de.
　咦，為什麼？

A：期末試験が不合格だったから。
　きまつしけん　ふごうかく
　ki.ma.tsu.shi.ke.n.ga.fu.go.u.ka.ku.da.tta.ka.ra.
　因為期末考不及格。

B：残念！
　ざんねん
　za.n.ne.n.
　好可惜！

進級できない。
しんきゅう
shi.n.kyu.u.de.ki.na.i.
留級、無法升上年級。

說明

　　「進級」就表示升上一個年級的意思，而「できない」就是無法、不能的意思。因此此句就有不能升級、留級的意思。

會話

A：何で勉強しないの？
　　なん　べんきょう
na.n.de.be.n.kyo.u.shi.na.i.no.
為甚麼不讀書？

B：興味ないから。
　　きょうみ
kyo.u.mi.na.i.ka.ra.
因為沒興趣。

A：それじゃ進級できないよ。
　　　　　しんきゅう
so.re.ja.shi.n.kyu.u.de.ki.na.i.yo.
那樣下去的話會留級耶。

B：どうでもいいよ。
do.u.de.mo.i.i.yo.
隨便啦。

補習を受ける。
ho.shu.u.o.u.ke.ru.
上輔導課、補習。

5-1

課

業

説明

参加輔導課、補習等課後輔導的課程，就是以「補習」來表示。

會話

5-2

A：やった！明日から夏休みだ。
ya.tta./a.shi.ta.ka.ra.na.tsu.ya.su.mi.da.
太好了！明天開始就是暑假了。

5-3

B：ああ、僕は補習を受けなければならない。
a.a./bo.ku.wa.ho.shu.u.o.u.ke.na.ke.re.ba.na.ra.na.i.
唉呀，我必須要上輔導課才行。

5-4

A：えっ、何で？
e./na.n.de.
唉，為什麼？

B：物理が不合格だったから。
bu.tsu.ri.ga.fu.go.u.ka.ku.da.tta.ka.ra.
因為我物理不及格。

試験を受ける。
しけん う

shi.ke.n.o.u.ke.ru.

考試。

說明

　　「試験」就是考試的意思，而參加考試、接受考試就是用「受ける」這個動詞。

會話

A：今日は英語の試験を受けた。
きょう えいご しけん う

kyo.u.wa.e.i.go.no.shi.ke.n.o.u.ke.ta.

今天考了英文的考試。

B：どうだった？

do.u.da.tta.

結果怎麼樣？

A：難しかった。
むずか

mu.zu.ka.shi.ka.tta.

很難。

B：英語は本当に難しいね。
えいご ほんとう むずか

e.i.go.wa.ho.n.to.u.ni.mu.zu.ka.shi.i.ne.

英文真的很難呢！

追試験を受ける。
ついしけん　う

tsu.i.shi.ke.n.o.u.ke.ru.

補考。

5-1

5-2
考
試

説明

　「追試験」就是補考的意思，也可以省略説成「追試」。

會話

A：来週は追試験を受ける。
らいしゅう　ついしけん　う
ra.i.shu.u.wa.tsu.i.shi.ke.n.o.u.ke.ru.
我下周要補考。

5-3

B：えっ？期末試験は不合格だった？
きまつしけん　ふごうかく
e./ki.ma.tsu.shi.ke.n.wa.fu.go.u.ka.ku.da.tta.
咦？期末考不及格嗎？

5-4

A：うん。
u.n.
嗯。

B：残念！頑張ってね。
ざんねん　がんば
za.n.ne.n./ga.n.ba.tte.ne.
真可惜！加油呢。

張り切って勉強する。
ha.ri.ki.tte.be.n.kyo.u.su.ru.
拼了命讀書。

說明

　　「張り切る」是指幹勁十足、緊張地等意思，因此整句就是拼了命、幹勁十足地讀書的意思。

會話

A：試験の結果はどう？
shi.ke.n.no.ke.kka.wa.do.u.
考試的結果怎麼樣？

B：合格したよ。
go.u.ka.ku.shi.ta.yo.
通過了唷。

A：すごいなあ。
su.go.i.na.a.
好厲害啊。

B：今回は張り切って勉強していたから。
ko.n.ka.i.wa.ha.ri.ki.tte.be.n.kyo.u.shi.te.i.ta.ka.ra.
因為這次拼了命念書。

試験に受かる。
しけん　う
shi.ke.n.ni.u.ka.ru.
考試通過、合格。

説明

「受かる」就是及格、考上、考中的意思，因此整句就是表示通過考試、考上的意思。

會話

A：やった！数学試験に受かった！
すうがくしけん　う
ya.tta./su.u.ga.ku.shi.ke.n.ni.u.ka.tta.
太好了！數學考試通過了！

B：おめでとう！
o.me.de.to.u.
恭喜！

A：これで安心できる。
あんしん
ko.re.de.a.n.shi.n.de.ki.ru.
這麼一來就可以安心了。

B：本当によかったね。
ほんとう
ho.n.to.u.ni.yo.ka.tta.ne.
真的是太好了。

カンニングする。
ka.n.ni.n.gu.su.ru.
作弊。

說明

「カンニング」是從英文的「cunning」轉變而來的，就是考試作弊的意思。

會話

A：実は試験の時、カンニングしたんだ。
ji.tsu.wa.shi.ke.n.no.to.ki./ka.n.ni.n.gu.shi.ta.n.da.
其實考試的時候我作弊了。

B：何？！
na.ni.
甚麼？！

A：シッ！大声で話さないで！
shi./o.o.go.e.de.ha.na.sa.na.i.de.
噓！不要講那麼大聲！

B：まったく！
ma.tta.ku.
真是的！

いい成績をとる。
i.i.se.i.se.ki.o.to.ru.
考到好成績。

説明

　　考試的成績是用「とる」這個動詞來表示取得成績、得到成績的意思。

會話

A：おっ、勉強してるか。
o./be.n.kyo.u.shi.te.ru.ka.
喔，在讀書啊。

B：うん。
u.n.
嗯。

A：何で最近そんなに真面目に？
na.n.de.sa.i.ki.n.so.n.na.ni.ma.ji.me.ni.
為什麼最近那麼認真？

B：期末試験でいい成績をとるために。
ki.ma.tsu.shi.ke.n.de.i.i.se.i.se.ki.o.to.ru.ta.me.ni.
為了要在期末考時考到好成績。

～点を取った。
te.n.o.to.tta.
得到～分。

說明

在日文裡，分數是用「～点」來表示。

會話

A：今回の試験は百点を取ったよ。
ko.n.ka.i.no.shi.ke.n.wa.hya.ku.te.n.o.to.tta.yo.
這次的考試考了一百分唷。

B：わあ、さすが。
wa.a./sa.su.ga.
哇，真不愧是你。

A：うわ、試験は九十八点を取った。
u.wa./shi.ke.n.wa.kyu.u.ju.u.ha.chi.te.n.o.to.tta.
唉呀，考試拿了九十八分。

B：惜しい！
o.shi.i.
好可惜！

～に合格する。
ごうかく

ni.go.u.ka.ku.su.ru.

通過、考過～。

說明

　　要表達通過～、考過～的考試，可以用「～に合格する」來表示。

會話

A：留学試験に合格した！
りゅうがくしけん　ごうかく
ryu.u.ga.ku.shi.ke.n.ni.go.u.ka.ku.shi.ta.
留學考試通過了！

B：わあ、おめでとう！
wa.a./o.me.de.to.u.
哇，恭喜！

A：夢みたい。
ゆめ
yu.me.mi.ta.i.
就像做夢一樣。

B：本当によかった！
ほんとう
ho.n.to.u.ni.yo.ka.tta.
真的是太好了！

赤点を取った。
あかてん と
a.ka.te.n.o.to.tta.
不及格。

説明

在日文裡，「赤点」就是指不及格的分數的意思。

會話

A：うわ、赤点をとった！
　　　　あかてん
u.wa./a.ka.te.n.o.to.tta.
哇，我考試不及格！

B：実は私も。
　　じつ　わたし
ji.tsu.wa.wa.ta.shi.mo.
其實我也是。

A：しまったなあ。
shi.ma.tta.na.a.
完蛋了啊。

B：最悪だ。
　　さいあく
sa.i.a.ku.da.
慘斃了。

サークルに入る。
sa.a.ku.ru.ni.ha.i.ru.
參加社團。

說明

「サークル」是從英文裡的「circle」轉變而來的，是社團、同好會等的意思。而動詞則用「入る」表示加入、參加的意思。

會話

A：私は文学研究サークルに入る。
wa.ta.shi.wa.bu.n.ga.ku.ke.n.kyu.u.sa.a.ku.ru.ni.
ha.i.ru.
我要加入文學研究社。

B：えっ、決めたの？
e./ki.me.ta.no.
咦，已經決定了？

A：ええ、桃内くんは？
e.e./mo.mo.u.chi.ku.n.wa.
嗯，桃內呢？

B：まだ決めてないよ。
ma.da.ki.me.te.na.i.yo.
我還沒決定呢。

試合に参加する。
しあい　さんか
shi.a.i.ni.sa.n.ka.su.ru.
參加比賽。

説明

　　在日文裡「試合」就是比賽的意思，而動詞則是以「～に参加する」來表示。

會話

A：来週は試合に参加する。
らいしゅう　しあい　さんか
ra.i.shu.u.wa.shi.a.i.ni.sa.n.ka.su.ru.
我下周要參加比賽。

B：えっ、野球サークルの？
やきゅう
e./ya.kyu.u.saa.ku.ru.no.
咦，是棒球社的嗎？

B：うん。
u.n.
嗯。

B：頑張ってね！
がんば
ga.n.ba.tte.ne.
加油喔！

バイトがある。
ba.i.to.ga.a.ru.
有打工。

5-1

5-2

5-3

課後活動

5-4

説明

「バイト」是從「アルバイト」簡略而來的，表示打工的意思。

會話

A：今日は一緒に遊びに行こうよ。
kyo.u.wa.i.ssho.ni.a.so.bi.ni.i.ko.u.yo.
今天一起去玩吧。

B：ごめん、今日はバイトがある。
go.me.n./kyo.u.wa.ba.i.to.ga.a.ru.
抱歉，今天有打工。

A：えっ、今日も？
e./kyo.u.mo.
唉，今天也要？

B：うん、ごめん。
u.n./go.me.n.
嗯，抱歉。

塾 に通っている。
ju.ku.ni.ka.yo.tte.i.ru.
補習。

說明

「塾」是指課外的補習、私立學校等意思，而動詞則常以「通う」來表示通勤的意思。

會話

A：何でサークルに入らないの？
na.n.de.sa.a.ku.ru.ni.ha.i.ra.na.i.no.
為什麼不參加社團呢？

B：毎日塾に通っているから。
ma.i.ni.chi.ju.ku.ni.ka.yo.tte.i.ru.ka.ra.
因為我每天都要補習。

A：真面目だな。
ma.ji.me.da.na.
真認真吶。

B：いや、実は勉強はあまり上手じゃないから。
i.ya./ji.tsu.wa.be.n.kyo.u.wa.a.ma.ri.jo.u.zu.ja.na.i.ka.ra.
不，其實是因為我對讀書不太拿手。

学園祭はいつですか。

がくえんさい

ga.ku.e.n.sa.i.wa.i.tsu.de.su.ka.

學校的園遊會是甚麼時候？

說明

日本的「学園祭」是相當於台灣校園裡的校慶、園遊會的感覺。會有許多社團表演及擺攤等活動。

會話

A：学園祭はいつですか？

がくえんさい

ga.ku.e.n.sa.i.wa.i.tsu.de.su.ka.

園遊會是甚麼時候？

B：来月の十日です。

らいげつ　とおか

ra.i.ge.tsu.no.to.o.ka.de.su.

下個月的十號。

A：そっか、本当に楽しみですね。

ほんとう　たの

so.kka./ho.n.to.u.ni.ta.no.shi.mi.de.su.ne.

這樣啊，真的是好期待呢。

B：そうですね。

so.u.de.su.ne.

對啊。

趣味は〜です。
しゅみ
shu.mi.wa./de.su.
興趣是〜。

說明

「趣味」是興趣、喜好、愛好的意思，因此在向他人介紹自己的興趣時就可以以此句表示。

會話

A：趣味は何ですか？
しゅみ なん
shu.mi.wa.na.n.de.su.ka.
你的興趣是甚麼？

B：料理です。
りょうり
ryo.u.ri.de.su.
料理。

A：美術が好きですか？
びじゅつ す
bi.ju.tsu.ga.su.ki.de.su.ka.
你喜歡美術啊？

B：ええ、趣味は絵を描くことです。
しゅみ え か
e.e./shu.mi.wa.e.o.ka.ku.ko.to.de.su.
嗯，我的興趣是繪畫。

夢は～です。
yu.me.wa./de.su.
夢想是～。

說明

就是夢想、理想的意思，因此在向他人介紹自己的夢想時就可以以此句表達。

會話

A：今日も練習しますか？
kyo.u.mo.re.n.shu.u.shi.ma.su.ka.
今天也練習嗎？

B：ええ。
e.e.
嗯。

A：本当にサッカーが大好きですね。
ho.n.to.u.ni.sa.kka.a.ga.da.i.su.ki.de.su.ne.
你真的很喜歡足球呢。

B：うん、私の夢はサッカー選手になること
なんです！
u.n./wa.ta.shi.no.yu.me.wa.sa.kka.a.se.n.shu.ni.na.
ru.ko.to.na.n.de.su.
嗯，我的夢想事成為一名足球選手！

出身はどこ？

しゅっしん

shu.sshi.n.wa.do.ko.

你是哪裡人？

說明

「出身」是指出生地的意思，因此在問對方是哪裡人的時候就可以以句表達。

會話

A：花ちゃんの出身はどこ？

はな　　　　　しゅっしん

ha.na.cha.n.no.shu.sshi.n.wa.do.ko.

小花是哪裡人呢？

B：宮崎です。

みやざき

mi.ya.za.ki.de.su.

宮崎。

A：ご出身はどこですか？

しゅっしん

go.shu.sshi.n.wa.do.ko.de.su.ka.

你是哪裡人呢？

B：福井です。

ふくい

fu.ku.i.de.su.

福井。

～のことが好_すきです。

no.ko.to.ga.su.ki.de.su.

喜歡～。

5-4

聊
天
話
題

說明

在日文裡表示喜歡～人的時候，通常都是以「～のことが好きです」的句型來表示。

會話

A：ちょっといいですか？
cho.tto.i.i.de.su.ka.
可以來一下嗎？

B：何_{なん}ですか？
na.n.de.su.ka.
甚麼事呢？

A：実_{じつ}は、私_{わたし}はあなたのことが好_すきなんです。
ji.tsu.wa./wa.ta.shi.wa.a.na.ta.no.ko.to.ga.su.ki.na.
n.de.su.
其實，我喜歡你。

B：えっ？！
e.
甚麼？！

告白する。

こくはく

ko.ku.ha.ku.su.ru.

告白。

說明

用來表示告白、表白的意思。

會話

A：実は私はあの人のことが好きなんです。

じつ わたし あの ひと す

ji.tsu.wa.wa.ta.shi.wa.a.no.hi.to.no.ko.to.ga.su.ki.

na.n.de.su.

其實我喜歡那個人。

B：本当？じゃ、告白するの？

ほんとう こくはく

ho.n.to.u./ja./ko.ku.ha.ku.su.ru.no.

真的？那麼要告白嗎？

A：ううん、恥ずかしいから。

は

u.u.n./ha.zu.ka.shi.i.ka.ra.

不，因為我會害羞。

B：そっか。

so.kka.

這樣啊。

彼氏／彼女がいる。
かれし　　かのじょ

ka.re.shi./ka.no.jo.ga.i.ru.

有男／女朋友。

說明

　　日文裡男朋友就是「彼氏」，而女朋友就是「彼女」。在表示人、動物等有生命的存在時，就是以「いる」來表示「有、在」的意思。

會話

A：愛ちゃんは彼氏いるの？
　　あい　　　　　かれし
a.cha.n.wa.ka.re.shi.i.ru.no.
小愛有男朋友嗎？

B：いるよ。
i.ru.yo.
有喔。

_____

A：翔君は彼女いますか？
　　しょうくん　かのじょ
sho.u.ku.n.wa.ka.no.jo.i.ma.su.ka.
小翔有女朋友嗎？

B：残念だけど、いません。
　　ざんねん
za.n.ne.n.da.ke.do./i.ma.se.n.
很可惜，我沒有。

5-1
5-2
5-3
5-4
聊天話題

付<ruby>き<rt>つ</rt></ruby><ruby>合<rt>あ</rt></ruby>う。
tsu.ki.a.u.

交往。

說明

「付き合う」在男女關係裡就是有交往的意思，而這個字還有交際、陪伴等其他意思。

會話

A：ねえ、実は…
ne.e./ji.tsu.wa.
那個，其實…

B：何？
na.ni.
甚麼？

A：私と宗平くん付き合ってるんだよ。
wa.ta.shi.to.so.u.he.i.ku.n.tsu.ki.a.tte.ru.n.da.yo.
我和宗平在交往。

B：えっ、嘘だろう！
e./u.so.da.ro.u.
甚麼，騙人的吧！

～に振られた。
ni.fu.ra.re.ta.
被～甩。

說明

「振る」有扔、放棄、拒絕等意思，而「振られた」就表示被甩的意思。

會話

A：何で落ち込んでるの？
na.n.de.o.chi.ko.n.de.ru.no.
為什麼這麼消沉？

B：彼氏に振られた…。
ka.re.shi.ni.fu.ra.re.ta.
我被男朋友甩了…

A：えっ？！いつのこと？
e./i.tsu.no.ko.to.
唉？甚麼時候的事？

B：昨日…。
ki.no.u.
昨天…

モテモテ。
mo.te.mo.te.
受歡迎、有人緣。

說明

「モテモテ」是從「持てる」轉變而來的，表示很受歡迎、很有人緣的意思。

會話

A：ねえ、見て。
ne.e./mi.te.
哎，你看。

B：何？
na.ni.
甚麼？

A：あの美雪ちゃんはいつもモテモテだね。
a.no.mi.yu.ki.cha.n.wa.i.tsu.mo.mo.te.mo.te.da.ne.
那個美雪總是那麼受歡迎呢。

B：可愛いからね。
ka.wa.i.i.ka.ra.ne.
因為長得可愛。

合コンに行く。
ごう　　　　　　　い

go.u.ko.n.ni.i.ku.

去聯誼。

5-1

5-2

説明

　　「合コン」是由「合同コンパ」這個字轉變而來的，表示聯誼的意思。

5-3

會話

5-4

聊
天
話
題

A：ねね、明日合コンに行こう！
　　　　　あした ごう　　　　　　い

ne.ne./a.shi.ta.go.u.ko.n.ni.i.ko.u.

喂喂，我們明天去聯誼吧！

B：えっ？嫌だ。
　　　　　いや

e./i.ya.da.

甚麼？我不要。

A：いいから、行こうよ。
　　　　　　　　い

i.i.ka.ra./i.ko.u.yo.

好啦，去啦。

B：だって私は恥ずかしがりやだから。
　　　　わたし　は

da.tte.wa.ta.shi.wa.ha.zu.ka.shi.ga.ri.ya.da.ka.ra.

因為我很靦腆害羞啦。

夏休みは何をしますか？
na.tsu.ya.su.mi.wa.na.ni.o.shi.ma.su.ka.

暑假要做甚麼？

説明

「夏休み」就是暑假的意思。此句可以用來詢問他人暑假有沒有甚麼打算等等。

會話

A：夏休みは何をしますか？
na.tsu.ya.su.mi.wa.na.ni.o.shi.ma.su.ka.
你暑假要做甚麼呢？

B：旅行します。
ryo.ko.u.shi.ma.su.
去旅行。

A：夏休みは何をする？
na.tsu.ya.su.mi.wa.na.ni.o.su.ru.
暑假要做甚麼呢？

B：さあ、まだ計画してない。
sa.a./ma.da.ke.i.ka.ku.shi.te.na.i.
唉，還沒計畫呢。

～が欲^ほしい。

ga.ho.shi.i.

想要～。

説明

「欲しい」就是想要、想得到等希望的意思，因此在表達自己想要甚麼的時候就可以此句表示。

會話

A：新^{あたら}しい靴^{くつ}がほしいなあ。
a.ta.ra.shi.i.ku.tsu.ga.ho.shi.i.na.a.
好想要新的鞋子呢。

B：えっ、今^{いま}のは買^かったばかりじゃないの？
e./i.ma.no.wa.ka.tta.ba.ka.ri.ja.na.i.no.
咦，你現在的不是才剛買嗎？

A：かわいいでしょう？このカバンが欲^ほしい
ka.wa.i.i.de.sho.u./ko.no.ka.ba.n.ga.ho.shi.i.
很可愛吧？好想要這個包包。

B：うん、本当^{ほんとう}にかわいい。
u.n./ho.n.to.u.ni.ka.wa.i.i.
嗯，真的很可愛呢。

運転免許を持つ。
うんてんめんきょ　も

u.n.te.n.me.n.kyo.o.mo.tsu.

有駕照。

說明

「運転免許」是指駕照的意思，而是用「持つ」來表示持有、擁有的意思。

會話

A：運転免許を持ってる？
うんてんめんきょ　も

u.n.te.n.me.n.kyo.o.mo.tte.ru.

你有駕照嗎？

B：うん、持ってるよ。
も

u.n./mo.tte.ru.yo.

嗯，有喔。

A：いつ取ったの？
と

i.tsu.to.tta.no.

甚麼時候考到的？

B：先月。
せんげつ

se.n.ge.tsu.

上個月。

同窓会。
どうそうかい
do.u.so.u.ka.i.
同學會。

說明

是指同學會、同窗會的意思。

會話

A：昨日はどこに行ったの？
ki.no.u.wa.do.ko.ni.i.tta.no.
昨天去哪裡了？

B：小学校の同窓会に参加したよ。
sho.u.ga.kko.u.no.do.u.so.u.ka.i.ni.sa.n.ka.shi.ta.yo.
我參加了小學同學會喔。

A：へえ、どうだった。
he.e./do.u.da.tta.
哇，怎麼樣呢？

B：もう十何年ぶりだからみんな変わった。
mo.u.ju.u.na.n.ne.n.bu.ri.da.ka.ra.mi.n.na.ka.wa.tta.
因為已經過了十幾年了所以大家都變了。

聊天話題

5-1
5-2
5-3
5-4

どんなスポーツが好き？

do.n.na.su.po.o.tsu.ga.su.ki.

喜歡甚麼運動？

說明

「スポーツ」是從英文的「sports」轉變而來，表示體育、運動的意思。整句就可以用來問對方喜歡甚麼運動。

會話

A：前田君はどんなスポーツが好き？
ma.e.da.ku.n.wa.do.n.na.su.po.o.tsu.ga.su.ki.
前田喜歡甚麼運動？

B：僕は野球が好き。木村さんは？
bo.ku.wa.ya.kyu.u.ga.su.ki./ki.mu.ra.sa.n.wa.
我喜歡棒球，木村呢？

A：私はバスケットボールが好き。
wa.ta.shi.wa.ba.su.ke.tto.bo.o.ru.ga.su.ki.
我喜歡籃球。

B：そっか。
so.kka.
這樣啊。

Chapter 6

職場篇

こんにちは、今日も頑張ってください。

日本人でもいいねを押す日本語生活会話

生活会話の基本から学ぶ

しゅうしょくかつどう
就職活動。
shu.u.sho.ku.ka.tsu.do.u.
找工作。

6-1

找

工

作

說明

「就職活動」就是就業就職、找工作等意思。

6-2

會話

いましゅうしょくかつどう
A：今就職活動をしている。
i.ma.shu.u.sho.ku.ka.tsu.do.u.o.shi.te.i.ru.
現在在找工作。

6-3

い
B：うまく行ってるの？
u.ma.ku.i.tte.ru.no.
還順利嗎？

6-4

A：なかなか。
na.ka.na.ka.
不怎麼順利呢。

がんば
B：頑張って。
ga.n.ba.tte.
加油。

仕事を探している。
shi.go.to.o.sa.ga.shi.te.i.ru.
找工作。

說明

也是找工作的意思。「仕事」是指工作、職業的意思，而「探す」就是找、尋找的意思。

會話

A：最近、仕事を探しています。
sa.i.ki.n./shi.go.to.o.sa.ga.shi.te.i.ma.su.
最近在找工作。

B：どんな仕事をしたいですか？
do.n.na.shi.go.to.o.shi.ta.i.de.su.ka.
想要找怎樣的工作？

A：金融方面です。
ki.n.yu.u.ho.u.me.n.de.su.
金融方面的。

B：そうですか。
so.u.de.su.ka.
這樣啊。

面接を受ける。

めんせつ　う

me.n.se.tsu.o.u.ke.ru.

面試。

説明

「面接」就是指會面、面試的意思。

會話

A：明日は面接を受ける。
あした　めんせつ　う
a.shi.ta.wa.me.n.se.tsu.o.u.ke.ru.
明天要面試。

B：準備はもう大丈夫？
じゅんび　　　　だいじょうぶ
ju.n.bi.wa.mo.u.da.i.jo.u.bu.
準備沒問題吧？

A：うん、資料をいろいろ探した。
しりょう　　　　　さが
u.n./shi.ryo.u.o.i.ro.i.ro.sa.ga.shi.ta.
嗯，我查了很多資料。

B：そっか、頑張ってね。
がんば
so.kka./ga.n.ba.tte.ne.
這樣啊，加油呢。

履歴書を書く。

りれきしょ か

ri.re.ki.sho.o.ka.ku.

寫履歷表。

說明

「履歴書」就是指履歷表、履歷書的意思。

會話

A：今何をしているの？

いまなに

i.ma.na.ni.o.shi.te.i.ru.no.

現在在做甚麼呢？

B：履歴書を書いてる。

りれきしょ か

ri.re.ki.sho.o.ka.i.te.i.ru.

我在寫履歷表。

A：そっか、就職活動をしてるの？

しゅうしょくかつどう

so.kka./shu.u.sho.ku.ka.tsu.do.u.o.shi.te.ru.no.

這樣啊，在找工作嗎？

B：うん。

u.n.

嗯。

内定をもらった。
ないてい

na.i.te.i.o.mo.ra.tta.

拿到內定。

說明

此句就在日本就是指是找工作時已經得到內定、工作已經被內定的意思。

會話

A：就職活動はうまく行ってるの？
しゅうしょくかつどう　　　　い

shu.u.sho.ku.ka.tsu.do.u.wa.u.ma.ku.i.tte.ru.no.

找工作還順利嗎？

B：うん、内定をもらったよ。
ないてい

u.n/na.i.te.i.o.mo.ra.tta.yo.

嗯，我已經被內定了喔。

A：本当？！よかった！
ほんとう

ho.n.to.u./yo.ka.tta.

真的？！太好了！

採用試験に合格した。

さいようしけん　ごうかく

sa.i.yo.u.si.ke.n.ni.go.u.ka.ku.shi.ta.

通過錄取考試。

說明

「採用試験」就是指錄取考試等企業的招聘考試。

會話

A：何かいいことあった？

なに

na.ni.ka.i.i.ko.to.a.tta.

發生了甚麼好事嗎？

B：私は採用試験に合格したよ。

わたし　さいようしけん　ごうかく

wa.ta.shi.wa.sa.i.yo.u.shi.ke.n.ni.go.u.ka.ku.shi.ta.yo.

我通過錄取考試了。

A：うわ、おめでとう！

u.wa./o.me.de.to.u.

哇，恭喜！

B：ありがとう。

a.ri.ga.to.u.

謝謝。

就職浪人
しゅうしょくろうにん
shu.u.sho.ku.ro.u.ni.n.

就職浪人。

說明

是日本特有的名詞，通常是指找工作不順利、還沒找到工作而持續為找工作中狀態的失業者。

會話

A：何で落ち込んでるの？
な ん　　お　　こ
na.n.de.o.chi.ko.n.de.ru.no.
為什麼這麼消沉？

B：就職活動がうまく行かなかった。
しゅうしょくかつどう　　　　　　い
shu.u.sho.ku.ka.tsu.do.u.ga.u.ma.ku.i.ka.na.ka.tta.
找工作不順利。

A：そっか。
so.kka.
這樣啊。

B：これじゃもう就職浪人になった。
しゅうしょくろうにん
ko.re.ja.mo.u.shu.u.sho.ku.ro.u.ni.n.ni.na.tta.
這樣下去就變成了就職浪人了。

お仕事は？

<ruby>仕事<rt>し ごと</rt></ruby>

o.shi.go.to.wa.

您的工作是？

説明

在詢問對方工作、職業的用語，通常把後面的「何ですか」省略了。

會話

A：お仕事は？
o.shi.go.to.wa.
您的工作是？

B：公務員です。
ko.u.mu.i.n.de.su.
我是公務員。

A：お仕事は何ですか？
o.shi.go.to.wa.na.n.de.su.ka.
您的工作是？

B：医者です。
i.sha.de.su.
我是醫生。

～に勤めている
ni.tsu.to.me.te.i.ru.
在～工作、值勤。

6-1

6-2

工

作

6-3

6-4

説明

「勤める」是指工作、任職的意思。因此整句可以表示為在哪裡值勤、工作的意思。

會話

A：お仕事は？
o.shi.go.to.wa.
您的工作是？

B：今は貿易会社に勤めています。
i.ma.wa.bo.u.e.ki.ga.i.sha.ni.tsu.to.me.te.i.ma.su.
現在在貿易公司工作。

A：すばらしいですね。
su.ba.ra.shi.i.de.su.ne.
好了不起呢。

B：ううん、そんなことはないですよ。
u.u.n./so.n.na.ko.to.wa.na.i.de.su.yo.
沒有啦，沒這回事。

～で働いている。
de.ha.ta.ra.i.te.i.ru.
在～工作。

說明

也是表示在～工作得意思。「働く」就是指勞動、工作的意思。

會話

A：今はどこで働いているの？
i.ma.wa.do.ko.de.ha.ta.ra.i.te.i.ru.no.
現在在哪裡工作？

B：今はレストランで働いている。
i.ma.wa.re.su.to.ra.n.de.ha.ta.ra.i.te.i.ru.
我現在在餐廳裡工作。

A：なるほど。
na.ru.ho.do.
原來如此。

<ruby>首<rt>くび</rt></ruby>になる。
ku.bi.ni.na.ru.
被開除。

說明

「首」通常是指脖子、頸的意思。而在這裡整句的意思是被開除、解雇等意思。

會話

A：ああ、<ruby>仕事<rt>しごと</rt></ruby>を<ruby>首<rt>くび</rt></ruby>になった。
a.a./shi.go.to.o.ku.bi.ni.na.tta.
唉呀，我被解雇了。

B：えっ？！<ruby>何<rt>なん</rt></ruby>で？
e./na.n.de.
唉？！為什麼？

A：<ruby>昨日<rt>きのう</rt></ruby>の<ruby>会議<rt>かいぎ</rt></ruby>に<ruby>遅刻<rt>ちこく</rt></ruby>したんだ。
ki.no.u.no.ka.i.gi.ni.chi.ko.ku.shi.ta.n.da.
因為我昨天開會的時候遲到了。

B：そんなに<ruby>厳<rt>きび</rt></ruby>しいんだ！
so.n.na.ni.ki.bi.shi.i.n.da.
那麼嚴格啊！

会議があります。
ka.i.gi.ga.a.ri.ma.su.
有會議、開會。

說明

「会議」就是指會議、開會的意思。

會話

A：明日は会議がありますよ。
a.shi.ta.wa.ka.i.gi.ga.a.ri.ma.su.yo.
明天要開會唷。

B：何の準備が必要ですか？
na.n.no.ju.n.bi.ga.hi.tsu.yo.u.de.su.ka.
需要準備甚麼嗎？

A：企画の資料をコピーしておいてください。
ki.ka.ku.no.shi.ryo.u.o.ko.pi.i.shi.te.o.i.te.ku.da.sa.i.
把企畫的資料先影印一下。

B：分かりました。
wa.ka.ri.ma.shi.ta.
我知道了。

仕事を辞めたい。
shi.go.to.o.ya.me.ta.i.
想辭掉工作。

説明

　「辞める」是指辭、辭退的意思。因此整句表示想要辭職、辭掉工作的意思。

會話

A：ああ、仕事を辞めたい。
a.a./shi.go.to.o.ya.me.ta.i.
唉呀，我想要辭職。

B：えっ、今の仕事が好きじゃないの？
e./i.ma.no.shi.go.to.ga.su.ki.ja.na.i.no.
咦，不喜歡現在的工作嗎？

A：好きだけど、毎日は残業しなければなら
ないんだ。
su.ki.da.ke.do./ma.i.ni.chi.wa.za.n.gyo.u.shi.na.ke.
re.ba.na.ra.na.i.n.da.
雖然喜歡，但是每天都必須加班。

B：なるほど、大変だね。
na.ru.ho.do./ta.i.he.n.da.ne.
原來如此，真辛苦呢。

退職する。
た い しょく

ta.i.sho.ku.su.ru.

離職。

說明

「退職」就是指離職的意思。

會話

A：来年は退職するつもりだ。
らいねん　たいしょく
ra.i.ne.n.wa.ta.i.sho.ku.su.ru.tsu.mo.ri.da.
我打算明年離職。

B：どうして？
do.u.shi.te.
為什麼？

A：ちょっと遅いけど、イギリスに留学した
おそ　　　　　　　　　　　　　りゅうがく
いんだ。
cho.tto.o.so.i.ke.do./i.gi.ri.su.ni.ryu.u.ga.ku.shi.
ta.i.n.da.
雖然有點晚了，但是我想要去英國留學。

B：なるほど。
na.ru.ho.do.
原來如此。

てんしょく
転職する。
te.n.sho.ku.su.ru.
轉行。

說明

「転職」是指轉調工作、轉行的意思。

會話

A：らいげつてんしょく
来月転職する。
ra.i.ge.tsu.te.n.sho.ku.su.ru.
我下個月要轉行。

B：えっ、何で？
e./na.n.de.
咦，為什麼？

A：今の仕事は好きじゃないから。
i.ma.no.shi.go.to.wa.su.ki.ja.na.i.ka.ra.
因為不喜歡現在的工作。

B：そっか。
so.kka.
這樣啊。

ボーナスをもらった。

bo.o.na.su.o.mo.ra.tta.

拿到獎金、紅利。

說明

「ボーナス」是從英文裡的「bonus」轉變而來的，指的是獎金、賞金、特別紅利的意思。

會話

A：今日はボーナスをもらった。
きょう
kyo.u.wa.bo.o.na.su.o.mo.ra.tta.
今天拿到了獎金。

B：うわ、いいなあ。
u.wa./i.i.na.a.
哇，真好。

A：だから、今日は僕が奢るよ。
きょう　ぼく　おご
da.ka.ra./kyo.u.wa.bo.ku.ga.o.go.ru.yo.
所以，今天我請客唷。

B：本当？！
ほんとう
ho.n.to.u.
真的？！

部長に叱られた。
ぶちょう　しか
bu.cho.u.ni.shi.ka.ra.re.ta.
被經理罵。

6-1

6-2
エ
作

說明

「部長」相當於中文裡經理、處長、部長等職位。而「叱る」是指責備、批評的意思。

會話

A：ああ、部長に叱られた。
a.a./bu.cho.u.ni.shi.ka.ra.re.ta.
唉呀，被經理責備了。

B：何で？
なん
na.n.de.
為什麼？

A：会議の大切な資料を忘れてしまったの。
かいぎ　たいせつ　しりょう　わす
ka.i.gi.no.ta.i.se.tsu.na.shi.ryo.u.o.wa.su.re.te.shi.
ma.tta.no.
我把會議的重要資料給忘了。

B：大変だね。
たいへん
ta.i.he.n.da.ne
真慘呢。

社長に褒められた。

しゃちょう　ほ

sha.cho.u.ni.ho.me.ra.re.ta.

被董事長稱讚。

說明

「社長」是相當於中文裡的董事長的意思。而「褒める」是指稱讚、讚美的意思。

會話

A：何かいいことあった？

なに

na.ni.ka.i.i.ko.to.a.tta.

發生了甚麼好事嗎？

B：今日はね、社長に褒められた。

きょう　　　　　しゃちょう　ほ

kyo.u.wa.ne./sha.cho.u.ni.ho.me.ra.re.ta.

今天呢，我被董事長稱讚了。

A：へえ、何か言ってた？

なに　い

he.e./na.ni.ka.i.tte.ta.

是嗎，說了甚麼？

B：企画書はよくやったって。

きかくしょ

ki.ka.ku.sho.wa.yo.ku.ya.tta.tte.

說我的企畫書做的很好。

ふきょう
不況。
fu.kyo.u.
不景氣。

說明

是表示經濟不景氣、蕭條的意思。

會話

A：もらったボーナスが<ruby>少<rt>すく</rt></ruby>ないなあ。
mo.ra.tta.bo.o.na.su.ga.su.ku.na.i.na.a.
拿到的獎金好少喔。

B：<ruby>私<rt>わたし</rt></ruby>も。
wa.ta.shi.mo.
我也是。

A：<ruby>不況<rt>ふきょう</rt></ruby>だからね。
fu.kyo.u.da.ka.ra.ne.
因為不景氣啊。

B：しょうがないわ。
sho.u.ga.na.i.wa.
沒辦法呢。

出張する。
しゅっちょう
shu.ccho.u.su.ru.
出差。

説明

「出張」就是出差、公出的意思。

會話

A：何で荷物を片付けてるの？
なん　にもつ　かたづ
na.n.de.ni.mo.tsu.o.ka.ta.zu.ke.te.ru.no.
為什麼在整理行李？

B：明日は出張するから。
あした　しゅっちょう
a.shi.ta.wa.shu.ccho.u.su.ru.ka.ra.
因為我明天要出差。

A：どこに？
do.ko.ni.
去哪裡？

B：東京。
とうきょう
to.u.kyo.u.
東京。

日帰り出張。
ひがえ　しゅっちょう
hi.ga.e.ri.shu.ccho.u.
當日出差。

6-1

6-2

6-3

出差、加班

説明

「日帰り」是指當天來回的意思。因此整個意思是一天來回而不外宿的出差。

6-4

會話

A：明日は出張する。
あした　しゅっちょう
a.shi.ta.wa.shu.ccho.u.su.ru.
明天要去出差。

B：また出張？どこで泊まるの？
しゅっちょう　　　　　　と
ma.ta.shu.ccho.u./do.ko.de.to.ma.ru.no.
又要出差？要去哪裡過夜？

A：いや、今回は日帰り出張よ。
こんかい　ひがえ　しゅっちょう
i.ya./ko.n.ka.i.wa.hi.ga.e.ri.shu.ccho.u.yo.
不，這次是當日來回的出差。

B：そっか。
so.kka.
這樣啊。

かいがいしゅっちょう
海外出張。
ka.i.ga.i.shu.ccho.u.
海外出差。

說明

是指到國外出差的意思。

會話

らいしゅう かいがいしゅっちょう
A：来週は海外出張するんだ。
ra.i.shu.u.wa.ka.i.ga.i.shu.ccho.u.su.ru.n.da.
下周要海外出差。

い
B：どこへ行くの？
do.ko.e.i.ku.no.
要去哪裡？

A：アメリカ。
a.me.ri.ka.
去美國。

とお
B：遠いなあ。
to.o.i.na.a.
好遠啊。

残業する。
ざんぎょう
za.n.gyo.u.su.ru.
加班。

說明

「残業」就是指加班的意思。

會話

A：今日は残業する。
きょう ざんぎょう
kyo.u.wa.za.n.gyo.u.su.ru.
我今天要加班

B：今日も？！
きょう
kyo.u.mo.
今天也？！

A：うん、仕事がなかなか終わらないから。
しごと お
u.n./shi.go.to.ga.na.ka.na.ka.o.wa.ra.na.i.ka.ra.
嗯，因為工作還沒完成。

B：頑張って。
がんば
ga.n.ba.tte.
加油。

6-1
6-2
6-3
出差、加班
6-4

泊まり込み。
to.ma.ri.ko.mi.
外宿。

說明

是從「泊り込む」轉變而來的，指的是因事不能回家而外宿的意思。

會話

A：うわ、今日も泊り込みかも。
u.wa./kyo.u.mo.to.ma.ri.ko.mi.ka.mo.
嗚哇，今天可能也得睡公司了。

B：えっ、今日も？
e./kyo.u.mo.
唉，今天也要？

A：うん、企画書を完成しなきゃいけないから。
u.n./ki.ka.ku.sho.o.ka.n.se.i.shi.na.kya.i.ke.na.i.ka.ra.
嗯，因為必須把企畫書完成。

B：大変だね。
ta.i.he.n.da.ne.
真辛苦呢。

忘年会。
ぼうねんかい

bo.u.ne.n.ka.i.

尾牙。

說明

相當於中文裡的尾牙等年終宴會的意思。

會話

A：最近ちょっと太った。
さいきん　　　　ふと

sa.i.ki.n.cho.tto.fu.to.tta.

最近有點變胖了。

B：何で？
なん

na.n.de.

為什麼？

A：忘年会でいっぱい食べたから。
ぼうねんかい　　　　　た

bo.u.ne.n.ka.i.de.i.ppa.i.ta.be.ta.ka.ra.

在尾牙的時候吃太多了

B：なるほど。

na.ru.ho.do.

原來如此。

飲み会。
(の) (かい)
no.mi.ka.i.
聚餐、聚會。

說明

通常是指喝酒、聚餐等飲酒宴會的意思。

會話

A：来週の飲み会は行く？
(らいしゅう) (の) (かい) (い)
ra.i.shu.u.no.no.mi.ka.i.wa.i.ku.
下周的聚餐要去嗎？

B：うん、行くよ。
(い)
u.n./i.ku.yo.
嗯，會去喔。

A：よかった、私も行く。
(わたし) (い)
yo.ka.tta./wa.ta.shi.mo.i.ku.
太好了，我也會去。

二次会。
にじかい
ni.ji.ka.i.
續攤。

說明

　　相當於中文裡的續攤、第二攤等娛樂聚會的意思。

會話

A：後の二次会はどこにする？
　あと　にじかい
　a.to.no.ni.ji.ka.i.wa.do.ko.ni.su.ru.
　等下的續攤要去哪裡？

B：山根さんはカラオケに行くって。
　やまね　　　　　　　　　　　い
　ya.ma.ne.sa.n.wa.ka.ra.o.ke.ni.i.ku.tte.
　山根説要去唱卡拉OK。

A：分かった。
　わ
　wa.ka.tta.
　我知道了。

飲みに行こうか。
no.mo.ni.i.ko.u.ka.
去喝一杯吧。

說明

在邀約或勸誘他人一起去喝酒、喝一杯的時候，就可以這樣表達。

會話

A：おっ、山田さん！
o./ya.ma.da.sa.n.
喔，山田。

B：あ、宮崎さん。どうしたの？
a./mi.ya.za.ki.sa.n./do.u.shi.ta.no.
喔，宮崎。怎麼了嗎？

A：今日、飲みに行こうか？
kyo.u./no.mo.ni.i.ko.u.ka.
今天要不要一起去喝酒？

B：もちろんいいよ！
mo.chi.ro.n.i.i.yo.
當然好啊！

こんどの
今度飲もうよ。
ko.n.do.no.mo.u.yo.

下次一起喝一杯吧。

說明

「今度」是有指下次的意思，因此整句用來勸誘他人下次一起去喝酒的意思。

會話

A：今日は飲みに行こうよ。
kyo.u.wa.no.mi.ni.i.ko.u.yo.
今天一起去喝一杯吧。

B：ごめん、今日はちょっと疲れてるんだ。
go.me.n./kyo.u.wa.cho.tto.tsu.ka.re.te.ru.n.da.
抱歉，我今天有點累。

A：そっか、じゃ、今度飲もうよ。
so.kka./ja./ko.n.do.no.mo.u.yo.
這樣啊，那麼下次一起喝一杯吧。

B：うん、絶対行く。
u.n./ze.tta.i.i.ku.
嗯，絕對去。

お酒に弱いです。
o.sa.ke.ni.yo.wa.i.de.su.
酒量不好。

説明

　　「弱い」是有不擅長、差的意思。因此整句表示酒量不好、不太會喝酒的意思。

會話

A：一緒に飲み会に行きましょうか？
i.ssho.ni.no.mi.ka.i.ni.i.ki.ma.sho.u.ka.
一起去喝酒吧？

B：ごめんなさい、私は遠慮します。
go.me.n.na.sa.i./wa.ta.shi.wa.e.n.ryo.shi.ma.su.
抱歉，我就不去了。

A：へえ、どうしてですか？
he.e./do.u.shi.te.de.su.ka.
唉，為什麼？

B：私はお酒に弱いので。
wa.ta.shi.wa.o.sa.ke.ni.yo.wa.i.no.de.
因為我不太會喝酒。

Chapter 7

身體健康篇

こんにちは、今日も頑張ってください。

日本人でもいいねを押ず日本語生活会話

生活会話の基本から学ぶ

身長が伸びる。
しんちょう　の
shi.n.cho.u.ga.no.bi.ru.
長高。

説明

「身長」是身高的意思。因此整句表示個子長高。

會話

A：おっ、誠ちゃん、お久しぶり！
　　まこと　　　　　ひさ
o./ma.ko.to.cha.n./o.hi.sa.shi.bu.ri.
喔，小誠，好久不見！

B：お久しぶり！光君身長が伸びたね。
　　ひさ　　　　ひかるくんしんちょう　の
o.hi.sa.shi.bu.ri./hi.ka.ru.ku.n.shi.n.cho.u.ga.no.bi.
ta.ne.
好久不見呢！小光長高了呢。

A：そう？
so.
是嗎？

B：そうよ、もう私より高いもの。
　　　　　　わたし　　たか
so.u.yo./mo.u.wa.ta.shi.yo.ri.ta.ka.i.mo.no.
對啊，已經比我高了呢。

太る。
ふと
fu.to.ru.
變胖。

說明

是變胖、長大的意思。

會話

A：明日からダイエットする。
あした
a.shi.ta.ka.ra.da.i.e.tto.su.ru.
明天開始要減肥了。

B：どうして？
do.u.shi.te.
為什麼？

A：最近ちょっと太ったから。
さいきん　　　　ふと
sa.i.ki.n.cho.tto.fu.to.tta.ka.ra.
因為最近有點變胖了。

B：そっか、頑張ってね。
がんば
so.kka./ga.n.ba.tte.ne.
這樣啊，加油呢。

痩せる。
ya.se.ru.
變瘦。

說明

是有瘦、變瘦的意思。

會話

A：あら、花田君は痩せた？
a.ra./ha.na.da.ku.n.wa.ya.se.ta.
哎啊，花田你變瘦了？

B：うん、仕事が忙しいからちょっと痩せた。
u.n./shi.go.to.ga.i.so.ga.shi.i.ka.ra.cho.tto.ya.se.ta.
嗯，因為工作很忙所以瘦了一點。

A：そっか、あまり無理しないでね。
so.kka./a.ma.ri.mu.ri.shi.na.i.de.ne.
這樣啊，不要太勉強自己喔。

B：うん。
u.n.
嗯。

体 の調子が悪い。
からだ ちょうし わる

ka.ra.da.no.cho.u.shi.ga.wa.ru.i.

身體不舒服。

說明

「体の調子」就是指身體的狀況、情況的意思。因此當身體感到不適、不舒服時就可以這樣表示。

會話

A：ごめん、今日は行けなくなった。
きょう い
go.me.n./kyo.u.wa.i.ke.na.ku.na.tta.
抱歉，今天不能去了。

B：えっ、どうして？
e./do.u.shi.te.
咦，為什麼？

A：体の調子が悪いから。
からだ ちょうし わる
ka.ra.da.no.cho.u.shi.ga.wa.ru.i.ka.ra.
因為身體不舒服。

B：そっか、じゃ、ゆっくり休んでね。
やす
so.kka./ja./yu.kku.ri.ya.su.n.de.ne.
這樣啊，那麼，請好好休息。

<ruby>元気<rt>げんき</rt></ruby>がないみたい。
ge.n.ki.ga.na.i.mi.ta.i.
看起來好像沒精神。

7-1

身體狀況

說明

「みたい」是指像～一樣、好像的意思。因此整句用來表示他人看起來沒甚麼精神、狀況不太好的樣子。

7-2

7-3

會話

A：<ruby>元気<rt>げんき</rt></ruby>がないみたいね。どうしたの？
ge.n.ki.ga.na.i.mi.ta.i.ne./do.u.shi.ta.no.
你看起來沒甚麼精神耶，怎麼了？

7-4

B：<ruby>昨日<rt>きのう</rt></ruby>は<ruby>宿題<rt>しゅくだい</rt></ruby>のために<ruby>徹夜<rt>てつや</rt></ruby>した。
ki.no.u.wa.shu.ku.da.i.no.ta.me.ni.te.tsu.ya.shi.ta.
昨天為了寫功課而熬夜了。

A：<ruby>大変<rt>たいへん</rt></ruby>ね。
ta.i.he.n.ne.
真辛苦。

びょうき
病気になる。
byo.u.ki.ni.na.ru.
生病。

說明

「病気」就是指生病、疾病的意思。

會話

A：まだ仕事？
ma.da.shi.go.to.
還在工作？

B：うん。
u.n.
嗯。

A：働きすぎると病気になるよ。ちょっと
　休憩したら？
ha.ta.ra.ki.su.gi.ru.to.byo.u.ki.ni.na.ru.yo./cho.tto.kyu.
u.ke.i.shi.ta.ra.
一直工作的話小心會生病喔。稍微休息一下吧？

B：大丈夫だよ。
da.i.jo.u.bu.da.yo.
沒關係。

風邪を引いた。
ka.ze.o.hi.i.ta.
感冒。

7-1

身體狀況

說明

　　「風邪」本身就是指傷風、感冒的意思。而動詞則用「引く」來表示患感冒的意思。

7-2

7-3

會話

A：杉本は何で来なかったの？
su.gi.mo.to.wa.na.n.de.ko.na.ka.tta.no.
杉本怎麼沒有來？

B：彼女は風邪を引いた。
ka.no.jo.wa.ka.ze.o.hi.i.ta.
她感冒了。

7-4

A：大丈夫かな？
da.i.jo.u.bu.ka.na.
還好嗎？

B：もう病院に行ったよ。
mo.u.byo.u.i.n.ni.i.tta.yo.
她已經去看醫生了。

熱<ruby>ねつ</ruby>があります。

ne.tsu.ga.a.ri.ma.su.

發燒。

說明

此句就是指發燒、有發燒的意思。

會話

A：奈々<ruby>なな</ruby>ちゃん、元気<ruby>げんき</ruby>がないみたいね。
na.na.cha.n./ge.n.ki.ga.na.i.mi.ta.i.ne.
小奈你好像沒甚麼精神耶。

B：風邪<ruby>かぜ</ruby>を引<ruby>ひ</ruby>いたから。
ka.ze.o.hi.i.ta.ka.ra.
因為我感冒了。

A：大丈夫<ruby>だいじょうぶ</ruby>？熱<ruby>ねつ</ruby>があるの？
da.i.jo.u.bu./ne.tsu.ga.a.ru.no.
沒事吧？有發燒嗎？

B：少<ruby>すこ</ruby>しかな。
su.ko.shi.ka.na.
有一點吧。

頭痛がします。
ずつう

zu.tsu.u.ga.shi.ma.su.

頭痛。

說明

表示頭痛的意思。動詞是用「～がする」表示。

會話

A：あぁ、頭痛がします。
　　ずつう
a./zu.tsu.u.ga.shi.ma.su.
哇，頭好痛。

B：大丈夫？風邪を引いたの？
　　だいじょうぶ　　か　ぜ　ひ
da.i.jo.u.bu./ka.ze.o.hi.i.ta.no.
沒事吧？感冒了嗎？

A：ううん、多分寝不足です。
　　　　　　たぶんねぶそく
u.u.n./ta.bu.n.ne.bu.so.ku.de.su.
沒有，應該是睡眠不足。

B：じゃ、ちょっと休んで。
　　　　　　　　やす
ja./cho.tto.ya.su.n.de.
那，稍微去休息一下吧。

歯が痛いです。
ha.ga.i.ta.i.de.su.
牙痛。

說明

「歯」就是指牙齒的意思，而「痛い」就是表示痛、疼痛的意思。

會話

A：何で一言も喋らないの？
na.n.de.hi.to.ko.to.mo.sha.be.ra.na.i.no.
為什麼連一句話都不說？

B：歯が痛いから。
ha.ga.i.ta.i.ka.ra.
因為我牙痛。

A：虫歯？
mu.shi.ba.
蛀牙嗎？

B：うん。
u.n.
嗯。

お腹が痛いです。
o.na.ka.ga.i.ta.i.de.su.
肚子痛。

説明

「お腹」是指肚子的意思。因此整句就表示肚子痛的意思。

會話

A：顔色が悪いですね、大丈夫ですか？
ka.o.i.ro.ga.wa.ru.i.de.su.ne./da.i.jo.u.bu.de.su.ka.
你臉色很差耶，沒事吧？

B：お腹が痛いです。
o.na.ka.ga.i.ta.i.de.su.
我肚子痛。

A：もしかしてテーブルのケーキを食べましたか？
mo.shi.ka.shi.te.te.e.bu.ru.no.ke.e.ki.o.ta.be.ma.shi.
ta.ka.
你該不會吃了桌上的蛋糕了？

B：うん、もしかして、あれは賞味期限が切れていたんですか？
u.n./mo.shi.ka.shi.te./a.re.wa.sho.u.mi.ki.ge.n.ga.ki.re.
te.i.ta.n.de.su.ka.
嗯，那個是到期的？

怪我しました。
けが

ke.ga.shi.ma.shi.ta.

受傷。

說明

「怪我」就是指受傷、負傷的意思。

會話

A：昨日は何で来なかったの？
きのう　なん　こ

ki.no.u.wa.na.n.de.ko.na.ka.tta.no.

你昨天怎麼沒來？

B：足を怪我したから。
あし　けが

a.shi.o.ka.ga.shi.ta.ka.ra.

因為我腳受傷了。

A：えっ、どうして？

e./do.u.shi.te.

唉，為什麼？

B：階段で転んだから。
かいだん　ころ

ka.i.da.n.de.ko.ro.n.da.ka.ra.

我在樓梯上跌到了。

事故にあいました。
じ こ

ji.ko.ni.a.i.ma.shi.ta.

發生事故。

説明

「事故」是指事故、意外的意思，「あう」而就是指遇上、遭到的意思。因此整句表示發生事故、遇到事故的意思。

會話

A：昨日木村さんが入院しました。
きのう き むら　　　　　　にゅういん
ki.no.u.ki.mu.ra.sa.n.ga.nyu.u.i.n.shi.ma.shi.ta.
昨天木村住院了。

B：えっ、どうしてですか？
e./do.u.shi.te.de.su.ka.
唉，為什麼？

A：彼は事故にあいました。
かれ　じ こ
ka.re.wa.ji.ko.ni.a.i.ma.shi.ta.
他發生事故了。

B：大変ですね。
たいへん
ta.i.he.n.de.su.ne.
真糟糕。

腫れ<ruby>は</ruby>ています。

ha.re.te.i.ma.su.

腫。

説明

「腫れる」就表示腫脹的意思。

會話

A：さっき<ruby>ころ</ruby>転びました。
sa.kki.ko.ro.bi.ma.shi.ta.
我剛剛跌倒了。

B：<ruby>だいじょうぶ</ruby>大丈夫ですか？
da.i.jo.u.bu.de.su.ka.
沒事吧？

A：<ruby>いま</ruby>今<ruby>あし</ruby>足が腫<ruby>は</ruby>れています。
i.ma.a.shi.ga.ha.re.te.i.ma.su.
現在腳腫起來了。

B：まだ<ruby>ある</ruby>歩けますか？
ma.da.a.ru.ke.ma.su.ka.
還可以走嗎？

足がつります。

あし

a.shi.ga.tsu.ri.ma.su.

腳抽筋。

說明

「つる」就是指抽筋的意思。因此哪裡抽筋就可以「～がつる」來表示。

會話

A：あっ、ちょっと待って！

ま

a./cho.tto.ma.tte.

啊，等我一下！

B：どうしたの？

do.u.shi.ta.no.

怎麼了？

A：足がつった。

あし

a.shi.ga.tsu.tta.

我腳抽筋了。

B：大丈夫？

だいじょうぶ

da.i.jo.u.bu.

沒事吧？

血が出る。

ち で

chi.ga.de.ru.

流血。

説明

表示流血的意思。

會話

A：どうしたの？膝から血が出てる！

ひざ　　ち　で

do.u.shi.ta.no./hi.za.ka.ra.chi.ga.de.te.ru.

怎麼了？膝蓋在流血耶。

B：いや、さっきちょっと転んだんだ。

ころ

i.ya./sa.kki.cho.tto.ko.ro.n.da.n.da.

沒有啦，剛剛跌倒了。

A：大変だ！大丈夫？

たいへん　　だいじょうぶ

ta.i.he.n.da./da.i.jo.u.bu.

真是不得了，沒事吧？

B：うん、大丈夫だよ。

だいじょうぶ

u.n./da.i.jo.u.bu.da.yo.

嗯，沒事啦。

捻挫した。
ねんざ
ne.n.za.shi.ta.

挫傷。

説明

就是撑傷、挫傷的意思。

會話

A：大変！
たいへん
ta.i.he.n.
不得了了！

B：どうしたの？
do.u.shi.ta.no.
怎麼了？

A：松永が足首を捻挫したから、試合に出れな
まつなが あしくび ねんざ　　　　しあい　で

くなったよ！
ma.tsu.na.ga.ga.a.shi.ku.bi.o.ne.n.za.shi.ta.ka.ra./shi.

a.i.ni.de.re.na.ku.na.tta.yo.
因為松永腳踝挫傷了，不能參加比賽了！

B：何？！
なに
na.ni.
甚麼？！

下痢をしています。

ge.ri.o.shi.te.i.ma.su.

拉肚子。

說明

是拉肚子、腹瀉的意思。

會話

A：どうしたの？顔色が悪いね。
do.u.shi.ta.no./ka.o.i.ro.ga.wa.ru.i.ne.
怎麼了？臉色很差呢。

B：朝からずっと下痢をしてる。
a.sa.ka.ra.zu.tto.ge.ri.o.shi.te.ru.
早上開始就一直拉肚子。

A：大丈夫？病院に行ったほうがいいよ。
da.i.jo.u.bu./byo.u.i.n.ni.i.tta.ho.u.ga.i.i.yo.
沒事吧？去看一下醫生比較好喔。

B：うん、後で行く。
u.n./a.to.de.i.ku.
嗯，等下去。

病院に行く。

びょういん　い

byo.u.i.n.ni.i.ku.

去醫院、去看醫生。

說明

「病院」就是醫院的意思。

會話

A：後で病院に行く。
あと　びょういん　い
a.to.de.byo.u.i.n.ni.i.ku.
等下我要去醫院。

B：えっ、どうしたの？
e./do.u.shi.ta.no.
唉，怎麼了？

A：風邪を引いたみたい。
かぜ　ひ
ka.ze.o.hi.i.ta.mi.ta.i.
我好像感冒了。

B：そっか。
so.kka.
這樣啊。

医者にかかる。
i.sha.ni.ka.ka.ru.
看醫生。

説明

此句就是指看醫生、請醫生診治的意思。

會話

A：元気がないね。
　　ge.n.ki.ga.na.i.ne.
　　你沒甚麼精神耶。

B：大丈夫、少し熱があるだけ。
　　da.i.jo.u.bu./su.ko.shi.ne.tsu.ga.a.ru.da.ke.
　　沒關係，只是有一點發燒。

A：医者にかかったほうがいいよ。
　　i.sha.ni.ka.ka.tta.ho.u.ga.i.i.yo.
　　去看一下醫生比較好喔。

B：大丈夫だよ。
　　da.i.jo.u.bu.da.yo.
　　沒關係的啦。

医者に診てもらう。
i.sha.ni.mi.te.mo.ra.u.
看醫生。

7-1

7-2
看醫生

説明

「診る」是指診斷的意思，因此整句是請醫生診斷、看病的意思。也就是去看醫生的意思。

會話

A：歯が痛い。
ha.ga.i.ta.i.
牙齒痛。

7-3

7-4

B：虫歯かな？医者に診てもらったほうがいいよ。
mu.shi.ba.ka.na./i.sha.ni.mi.te.mo.ra.tta.ho.u.ga.i.i.yo.
蛀牙嗎？去看一下醫生比較好喔。

A：嫌だ、怖いよ。
i.ya.da./ko.wa.i.yo.
不要，好可怕。

B：何だよ。
na.n.da.yo.
甚麼嘛。

よやく
予約する。
yo.ya.ku.su.ru.
預約。

說明

「予約」就是預約、預定的意思。

會話

A：お母さん、僕は後で病院に行くね。
o.ka.a.sa.n./bo.ku.wa.a.to.de.byo.u.i.n.ni.i.ku.ne.
媽媽，我等下要去看醫生。

B：もう予約した？
mo.u.yo.ya.ku.shi.ta.
已經預約了嗎？

A：うん。
u.n.
嗯。

どこが悪いでしょう？
do.ko.ga.wa.ru.i.de.sho.u.
我哪裡有問題？

說明

在詢問醫生自己哪裡有甚麼症狀或病情等問題的時候，就可以用此句來表達。

會話

A：先生、私はどこが悪いでしょう？
se.n,se.i./wa.ta.shi.wa.do.ko.ga.wa.ru.i.de.sho.u.
醫生，我是哪裡有問題？

B：ただの寝不足ですよ。
ta.da.no.ne.bu.so.ku.de.su.yo.
只是睡眠不足而已喔。

A：そうですか。
so.u.de.su.ka.
這樣啊。

B：二、三日ゆっくり休んでください。
ni.sa.n.ni.chi.yu.kku.ri.ya.su.n.de.ku.da.sa.i.
請好好地休息兩三天。

どのくらいでよくなりますか？

do.no.ku.ra.i.de.yo.ku.na.ri.ma.su.ka.

大概要多久會好？

說明

「どのくらい」是詢問多久、多少等意思。因此整句用來詢問多久會好、會痊癒的意思。

會話

A：先生、私はどのくらいでよくなりますか？
se.n.se.i./wa.ta.shi.wa.do.no.ku.ra.i.de.yo.ku.na.ri.
ma.su.ka.
醫生，我大概要多久會好？

B：すぐよくなりますよ。心配しないでください。
su.gu.yo.ku.na.ri.ma.su.yo./shi.n.pa.i.shi.na.i.de.
ku.da.sa.i.
馬上就會好了，請不要擔心。

A：分かりました。
wa.ka.ri.ma.shi.ta.
我明白了。

この薬の飲み方は？

ko.no.ku.su.ri.no.no.mi.ka.ta.wa.

這個藥的服用方法是？

說明

吃藥的日文是用「飲む」這個動詞來表示。而此句是用來詢問藥的服用方法。

會話

A：すみません、この薬の飲み方は？
su.mi.ma.se.n./ko.no.ku.su.ri.no.no.mi.ka.ta.wa.
不好意思，這個藥的用方法是？

B：一日三回です。食後に飲んでください。
i.chi.ni.chi.sa.n.ka.i.de.su./sho.ku.go.ni.no.n.de.ku.da.
sa.i.
一天三次，請在飯後服用。

A：分かりました。
wa.ka.ri.ma.shi.ta.
我明白了。

入院します。
にゅういん

nyu.u.i.n.shi.ma.su.

住院。

說明

「入院」是表示住院的意思。

會話

A：昨日　弟　が転んだんだ。
きのう　おとうと　ころ

ki.no.u.o.to.u.to.ga.ko.ro.n.da.n.da.

昨天弟弟跌倒了。

B：へえ、大丈夫？
だいじょうぶ

he.e./da.i.jo.u.bu.

甚麼，沒事吧？

A：足を骨折して入院した。
あし　こっせつ　にゅういん

a.shi.o.ko.sse.tsu.shi.te.nyu.u.i.n.shi.ta.

腳骨折了所以住院。

B：大変だね。
たいへん

ta.i.he.n.da.ne.

好嚴重。

退院します。
たいいん
ta.i.i.n.shi.ma.su.
出院。

說明

「退院」是表示出院的意思。

會話

A：ねえ、聞いた？
ne.e./ki.i.ta.
喂喂，你聽說了嗎？

B：何？
na.ni.
甚麼？

A：先生が有美ちゃん明日退院しますって。
se.n.se.i.ga.yu.mi.cha.n.a.shi.ta.ta.i.i.n.shi.ma.su.tte.
老師說有美明天就出院了。

B：本当？！よかった。
ho.n.to.u./yo.ka.tta.
真的？！太好了。

手術します。

しゅじゅつ

shu.ju.tsu.shi.ma.su.

手術、開刀。

說明

「手術」是只手術、開刀的意思。

會話

A：明日手術します。
あした しゅじゅつ
a.shi.ta.shu.ju.tsu.shi.ma.su.
我明天要開刀。

B：そんなに大変なんですか？！
たいへん
so.n.na.ni.ta.i.he.n.na.n.de.su.ka.
那麼嚴重啊？！

A：小さな手術だけです。心配しないでくだ
ちい しゅじゅつ しんぱい
さい。
chi.i.sa.na.shu.ju.tsu.da.ke.de.su./shi.n.pa.i.shi.
na.i.de.ku.da.sa.i.
只是小手術而已，不要擔心。

B：そうですか。
so.u.de.su.ka.
這樣啊。

リハビリ。
ri.ha.bi.ri.
復健。

説明

是從「リハビリテーション」省略而來，表示復健、復興的意思。

會話

A：明日退院するんだ。
a.shi.ta.ta.i.i.n.su.ru.n.da.
明天要出院了。

B：よかった。
yo.ka.tta.
太好了。

A：だけど、リハビリが必要だ。
da.ke.do./ri.ha.bi.ri.ga.hi.tsu.yo.u.da.
但是還需要復健。

B：頑張ってね。
ge.n.ba.tte.ne.
加油呢。

吐きそう。
ha.ki.so.u.
想吐。

説明

「吐く」是指吐的意思。因此整句是表示有噁心想吐的意思。

會話

A：顔色悪いね、どうしたの？
ka.o.i.ro.wa.ru.i.ne./do.u.shi.ta.no.
臉色很差呢，怎麼了？

B：ちょっと吐きそう…
cho.tto.ha.ki.so.u.
有點想吐…

A：えっ、大丈夫？
e./da.i.jo.u.bu.
唉，沒事吧？

B：うん、ちょっとトイレに行ってくる。
u.n./cho.tto.to.i.re.ni.i.tte.ku.ru.
嗯，我去一下廁所。

体 がだるい。
からだ

ka.ra.da.ga.da.ru.i.

身體疲倦。

說明

「だるい」是指有疲倦、痠痛的意思。因此整句表示身體感到疲倦、全身無力的樣子。

會話

A：元気がなさそうね。
げんき
ge.n.ki.ga.na.sa.so.u.ne.
你好像沒甚麼精神耶。

B：うん、ちょっと体がだるい。
からだ
u.n./cho.tto.ka.ra.da.ga.da.ru.i.
嗯，有點全身無力。

A：風邪を引いたの？
かぜ ひ
ka.ze.o.hi.i.ta.no.
感冒了嗎？

B：多分ね。
たぶん
ta.bu.n.ne.
可能吧。

むかむかする。

mu.ka.mu.ka.su.ru.

反胃、想吐。

說明

　　表示有噁心、反胃想吐等身體感到不舒服的意思。

會話

A：ご飯を食べないの？
go.ha.n.o.ta.be.na.i.no.
不吃飯嗎？

B：病気であまり食欲がない。
byo.u.ki.de.a.ma.ri.sho.ku.yo.ku.ga.na.i.
因為生病所以沒甚麼食欲。

A：大丈夫？
da.i.jo.u.bu.
沒事吧？

B：ちょっと胸がむかむかする。
cho.tto.mu.ne.ga.mu.ka.mu.ka.su.ru.
有一點想吐。

ちくちく痛む。

chi.ku.chi.ku.i.ta.mu.

刺痛。

說明

表示感到像針刺般地疼痛的樣子。

會話

A：どうしたの？
do.u.shi.ta.no.
怎麼了？

B：お腹がちくちく痛むんだ。
o.na.ka.ga.chi.ku.chi.ku.i.ta.mu.n.da.
肚子像被針扎般地刺痛著。

A：何か悪いものを食べちゃった？
na.ni.ka.wa.ru.i.mo.no.o.ta.be.cha.tta.
是不是吃了甚麼不好的東西？

B：何も食べなかったよ。
na.ni.mo.ta.be.na.ka.tta.yo.
我甚麼都沒吃。

しくしくする。

shi.ku.shi.ku.su.ru.

微微抽痛。

說明

表示微微抽痛、隱隱作痛的樣子。

會話

A：ごめん、僕は先に帰るよ。
go.me.n./bo.ku.wa.sa.ki.ni.ka.e.ru.yo.
抱歉，我先回去了。

B：えっ、何で？
e./na.n.de.
咦，為什麼？

A：急にお腹がしくしく痛むんだ。
kyu.u.ni.o.na.ka.ga.shi.ku.shi.ku.i.ta.mu.n.da.
肚子突然微微抽痛著。

B：そっか、じゃ、ゆっくり休んでね。
so.kka./ja./yu.kku.ri.ya.su.n.de.ne.
這樣啊，那請好好休息呢。

ずきずきする。
zu.ki.zu.ki.su.ru.
跳痛、刺痛。

說明

表示陣陣跳痛、刺痛的樣子。

會話

A：元気_{げんき}がないみたいね。
ge.n.ki.ga.na.i.mi.ta.i.ne.
你看起來沒甚麼精神耶。

B：うん、昨日_{きのう}あまり眠_{ねむ}れなかったから。
u.n./ki.no.u.a.ma.ri.ne.mu.re.na.ka.tta.ka.ra.
嗯，因為昨天睡不太著。

A：何_{なん}で？
na.n.de.
為什麼？

B：ずっと頭_{あたま}がずきずきしていたから。
zu.tto.a.ta.ma.ga.zu.ki.zu.ki.shi.te.i.ta.ka.ra.
因為頭一直陣陣地跳痛。

ぞくぞくする。

zo.ku.zo.ku.su.ru.

打冷顫。

說明

表示因為寒冷或是驚嚇而顫抖的樣子。

會話

A：何でぞくぞくしているの？
na.n.de.zo.ku.zo.ku.shi.te.i.ru.no.
為什麼在打冷顫？

B：風邪を引いたみたい。
ka.ze.o.hi.i.ta.mi.ta.i.
我好像感冒了。

A：じゃ、早く病院に行ったほうがいいよ。
ja./ha.ya.ku.byo.u.i.n.ni.i.tta.ho.u.ga.i.i.yo.
那要快點去看醫生比較好喔。

B：うん。
u.n.
嗯。

お見舞い。
o.mi.ma.i.
探病。

說明

是指去探望、慰問病人的意思。

會話

A：小田さんが入院したからお見舞いに行こう。
o.da.sa.n.ga.nyu.u.i.n.shi.ta.ka.ra.o.mi.ma.i.ni.i.ko.u.
因為小田住院所以我們去探望他吧。

B：うん、何を持って行こうか？
u.n./na.ni.o.mo.tte.i.ko.u.ka.
嗯，要帶什麼去比較好呢？

A：果物はどう？
ku.da.mo.no.wa.do.u.
水果如何？

B：うん、そうしよう。
u.n./so.u.shi.yo.u.
嗯，就那麼辦。

お大事に。
<ruby>大<rt>だい</rt></ruby><ruby>事<rt>じ</rt></ruby>
o.da.i.ji.ni.
請保重。

說明

是對生病的人説的祝福語，表示請對方多多保重、好好注意身體的意思。

會話

A：<ruby>解熱剤<rt>げねつざい</rt></ruby>をください。
ge.ne.tsu.za.i.o.ku.da.sa.i.
麻煩給我退燒藥。

B：<ruby>風邪<rt>かぜ</rt></ruby>を<ruby>引<rt>ひ</rt></ruby>いたんですか？
ka.ze.o.hi.i.ta.n.de.su.ka.
請問是感冒了嗎？

A：はい。
ha.i.
是的。

B：お<ruby>大事<rt>だいじ</rt></ruby>に。
o.da.i.ji.ni.
請多多保重。

はや　　よ
早く良くなりますように。
ha.ya.ku.yo.ku.na.ri.ma.su.yo.u.ni.

祝您早日康復。

說明

　　為對病人的祝福語，用來表示希望對方早日康復、痊癒的意思。

會話

A：どうしたんですか？
do.u.shi.ta.n.de.su.ka.
怎麼了嗎？

B：風邪を引いたんです。
ka.ze.o.hi.i.ta.n.de.su.
我感冒了。

A：早く良くなりますように。
ha.ya.ku.yo.ku.na.ri.ma.su.yo.u.ni
希望你早日康復。

ゆっくり休んで
ください。
yu.kku.ri.ya.su.n.de.ku.da.sa.i.
請好好地休息。

說明

「ゆっくり」是指充分、好好地意思。因此可以對生病的人或感到疲憊的人說，請他們好好休息的意思。

會話

A：体、大丈夫ですか？
ka.ra.da./da.i.jo.u.bu.de.su.ka.
身體沒問題吧？

B：うん、風邪を引いただけです。
u.n./ka.ze.o.hi.i.ta.da.ke.de.su.
嗯，只是感冒而已。

A：ゆっくり休んでくださいね。
yu.kku.ri.ya.su.n.de.ku.da.sa.i.ne.
請好好休息呢。

B：うん、ありがとう。
u.n./a.ri.ga.to.u.
嗯，謝謝。

早く治るように
祈っています。

ha.ya.ku.na.o.ru.yo.u.ni.i.no.tte.i.ma.su.

祝您早日康復。

說明

「治る」是指痊癒的意思。此句為對生病的人的祈福用語，表示希望病情能夠早日治癒、康復的意思。

會話

A：足はまだ痛いですか？
a.shi.wa.ma.da.i.ta.i.de.su.ka.
腳還會痛嗎？

B：うん、まだ痛いです。
u.n./ma.da.i.ta.i.de.su.
嗯，還是會痛。

A：早く治るように祈っています。
ha.ya.ku.na.o.ru.yo.u.ni.i.no.tte.i.ma.su.
希望你能早點康復。

B：ありがとう。
a.ri.ga.to.u.
謝謝。

お体はいかが

でしょうか？

o.ka.ra.da.wa.i.ka.ga.de.sho.u.ka.

身體狀況怎麼樣？

說明

是詢問對方身體狀況如何的問候用語。

會話

A：お体はいかがでしょうか？
o.ka.ra.da.wa.i.ka.ga.de.sho.u.ka.
身體狀況怎麼樣？

B：もう薬を飲んだから、少し良くなりまし

た。
mo.u.ku.su.ri.o.no.n.da.ka.ra./su.ko.shi.yo.ku.na.ri.
ma.shi.ta.
已經吃過藥了，所以有好了一點。

A：それはよかったです。どうぞお大事に。
so.re.wa.yo.ka.tta.de.su./do.u.zo.o.da.i.ji.ni.
那真是太好了，請多保重。

B：うん、ありがとう。
u.n./a.ri.ga.to.u.
嗯，謝謝你。

軽い怪我で済んで
よかったね。
ka.ru.i.ke.ga.de.su.n.de.yo.ka.tta.ne.
幸好只是小傷。

說明

用來對受傷的人所說的安慰問候語，表示幸好只有受到一點小傷沒有甚麼大礙。

會話

A：軽い怪我で済んでよかったね。
ka.ru.i.ke.ga.de.su.n.de.yo.ka.tta.ne.
幸好只是小傷呢。

B：うん、明日もう退院できる。
u.n./a.shi.ta.mo.u.ta.i.i.n.de.ki.ru.
嗯，明天就能出院了。

A：今度運転する時は気をつけてね。
ko.n.do.u.n.te.n.su.ru.to.ki.wa.ki.o.tsu.ke.te.ne.
下次開車的時候要小心呢。

B：はい、分かった。
ha.i./wa.ka.tta.
嗯，我知道。

永續圖書
線上購物網

www.foreverbooks.com.tw

◆ 加入會員即享活動及會員折扣。

◆ 每月均有優惠活動，期期不同。

◆ 新加入會員三天內訂購書籍不限本數金額，
即贈送精選書籍一本。（依網站標示為主）

專業圖書發行、書局經銷、圖書出版

永續圖書總代理：
五觀藝術出版社、培育文化、棋茵出版社、達觀出版社、
可道書坊、白橡文化、大拓文化、讀品文化、雅典文化、
知音人文化、手藝家出版社　瓊神文化、智學堂文化、語
言鳥文化

活動期內，永續圖書將保留變更或終止該活動之權利及最終決定權。

國家圖書館出版品預行編目資料

連日本人都按讚生活日語會話 / 雅典日研所企編.
-- 初版. -- 新北市：雅典文化，民102.02
面；　公分. -- (全民學日語；22)
ISBN 978-986-6282-75-1(平裝附光碟片)

1. 日語 2. 會話

803.188   101026292

全民學日語系列 22

連日本人都按讚生活日語會話

編著／**雅典日研所**
責編／**張琇穎**
美術編輯／**翁敏貴**
封面設計／**劉逸芹**

法律顧問：方圓法律事務所／**涂成樞律師**

總經銷：永續圖書有限公司　　CVS代理／美璟文化有限公司
永續圖書線上購物網　　　　　TEL：(02) 2723-9968
www.foreverbooks.com.tw　　FAX：(02) 2723-9668

出版日／2013年02月

雅典文化

出版社	22103　新北市汐止區大同路三段194號9樓之1
	TEL　(02) 8647-3663
	FAX　(02) 8647-3660

連日本人都按讚生活日語會話

雅致風靡　典藏文化

親愛的顧客您好，感謝您購買這本書。即日起，填寫讀者回函卡寄回至
本公司，我們每月將抽出一百名回函讀者，寄出精美禮物並享有生日當
月購書優惠！想知道更多更即時的消息，歡迎加入"永續圖書粉絲團"
您也可以選擇傳真、掃描或用本公司準備的免郵回函寄回，謝謝。

傳真電話：（02）8647-3660　　　　電子信箱：yungjiuh@ms45.hinet.net

姓名：		性別：　□男　　□女	
出生日期：　年　　月　　日		電話：	
學歷：		職業：	
E-mail：			
地址：□□□			
從何處購買此書：		購買金額：　　　　　元	
購買本書動機：□封面 □書名 □排版 □內容 □作者 □偶然衝動			
你對本書的意見： 內容：□滿意□尚可□待改進　編輯：□滿意□尚可□待改進 封面：□滿意□尚可□待改進　定價：□滿意□尚可□待改進			
其他建議：			